Matilde Serao

La ballerina

I.

Carmela Minino, in piedi presso il cassettone, macchinalmente, contò ancora una volta il denaro che teneva chiuso nello sdrucito piccolo portafogli: e vi trovò sempre le medesime diciotto lire, tre biglietti da cinque e tre biglietti da una lira che vi erano il giorno prima e la settimana prima. Si cavò di tasca il portamonete che portava addosso, quando usciva e dove riponeva i pochi spiccioli per pagare l'omnibus, per pagare la sedia, alla messa, per bere un bicchier d'acqua: vi pescò sette soldi. E con un atto puerile e triste guardò desolata e ansiosa intorno, quasi che dalle nude pareti della sua stanza, dai poveri mobili strettamente necessarii potesse uscire, fantasticamente, qualche immaginaria somma di denaro che venisse ad aumentare il suo così insufficiente capitaletto.

Ella aveva fatto un gran sogno, quell'anno, di poter portare, sulla tomba della sua madrina e benefattrice, una corona di fiori freschi, una larga corona di bellissimi fiori, con una scritta tutta di fiori, dove si leggessero due o tre belle parole di memore affetto, di memore riconoscenza. A soldo a soldo, nell'estate, privandosi di moltissime cose, era giunta sino a raggranellare quarantadue lire, sognando sempre più vivida, sempre più fragrante la corona di fiori da portare al camposanto, ove dorme Amina Boschetti: anzi, Carmela Minino aveva accettato di andare a ballare a Castellammare, fra agosto e settembre, in quel baraccone dello *Stabia Hall*, a cielo scoperto, con quell'impresario Ciccillo Patalano che pagava poco e male, che, spesso, non pagava per niente: aveva accettato, Carmela, malgrado i suoi sospetti su Patalano, per non toccare il peculietto della corona, per accrescerlo, se fosse possibile, e aveva ballato nel teatro di legno, all'aria aperta, sudando in quelle sere afose di fine d'agosto in modo da sentirsi incollare la maglia di seta sulla persona e prendendo raffreddore su raffreddore, col fresco che veniva dalla platea, avvolgendosi invano in una mantellina di lana nera, quando rientrava nelle quinte. A che era servito? Settembre era stato piovoso: Castellammare aveva visto partire presto i suoi villeggianti, lo *Stabia Hall* era deserto e fra le vere bestemmie e le finte lacrime, Ciccillo Patalano non aveva pagato le due quindicine di settembre alle ballerine scritturate. Solo qualcuna che aveva un padre energico e più bestemmiatore di Ciccillo Patalano, o un fratello che campava sulle sue spalle e quindi ne curava gli interessi, o un amante che faceva la voce grossa, solo qualcuna arrivò a strappare qualche soldo al cattivo pagatore: Carmela Minino strillò, pianse, ma era sola, era senza difensori e Patalano non le dette le quarantacinque lire che le doveva, scritturata come era, a una lira e cinquanta la sera. Fu un disastro finanziario per lei: pagare la metà della misera stanza mobiliata dove dormiva insieme con Maria Civita, un'altra ballerina, egualmente sfortunata ma che aveva un amante a Napoli, il quale, per trarla d'imbarazzo, le mandò un vaglia postale di venti lire: pagare il vitto, povera Carmela, sino a fine mese, a un oste di Castellammare e tornarsene a casa, in terza classe, avendo rovinato due paia di scarpini da ballo sul palcoscenico di quella baracca e macchiata di sudore, sotto le ginocchia, la sua migliore maglia. Fra la catastrofe di Castellammare e un penoso mese di ottobre, senza scrittura, gran parte delle economie, dedicate alla corona di fiori freschi, si venne dileguando, mentre Carmela Minino si sentiva stringere il cuore, sempre che cavava una lira dal suo portafogli.

Così, la mattina del primo novembre, ella non possedeva per onorare la tomba della sua madrina se non diciotto lire e trentacinque centesimi, da cui doveva detrarre il denaro per andare e venire dal cimitero di Poggioreale in una giornata in cui tutti vi vanno e le carrozze costano carissimo, e qualche soldo per mangiare un boccone, la sera.

— I fiori costano così caro, in questa stagione! — ella pensò, fra sè, mentre si metteva il cappello, per uscire, e un'amarezza segreta crebbe in lei, sentendo distrutto, ineluttabilmente, quasi tutto il suo sogno.

Fuori, il tempo era nuvoloso: quando Carmela Minino ebbe disceso i quattro piani della sua stanza al vico Paradiso alla Pignasecca, quando si trovò nella via, quasi pensò tornare indietro, per prendere l'ombrello. Si era vestita di nero, malgrado che il lutto per sua madre fosse finito da più di sei mesi; essa aveva creduto di andare quasi in cordoglio a pregare per la sua benefattrice, ma, anche, non aveva potuto farsi nessun nuovo vestito d'inverno. La giornata era così dubbia! Se fosse piovuto, ecco rovinata la piuma nera del suo cappello, un'antica piuma che era stata una gloriosa *amazzone,* e che, ogni estate, ogni inverno, Carmela faceva figurare, novellamente, sovra un cappello rifatto, arricciandola col dorso delle forbici, curando di non spiumarla: una ricchezza, quella lunga piuma un po' consunta, che ella possedeva da cinque o sei anni. La pioggia rovina le piume! Ella risalì in casa, piena di brutti presentimenti, e allora fu più tranquilla quando ebbe stretto al seno il manico del suo vecchio e fedele ombrello che da tanti acquazzoni, nelle sere d'inverno, uscendo dal San Carlo, l'aveva riparata. Col suo passo leggiero che le veniva dal suo mestiere, guardando bene dove metteva i piedi, salutata con un'*Ave* la sacra immagine della Madonna della Pignasecca, assorbita nelle sue idee poco liete, Carmela Minino discese verso la strada di Chiaia, dove sono le botteghe dei maggiori fiorai napoletani. Le mura di Toledo e di Chiaia erano coperte di cartelloni per la commemorazione dei morti: qua si offriva della cera a tre lire la libbra, per accendere molti cerei innanzi alle tombe: qua si annunziavano delle corone di canutiglia poco costose e durature: altrove era l'orario della piccola ferrovia Nola-Baiano, che aveva una fermata al cimitero di Poggioreale: e ancora manifesti di cerei, di corone, persino la *réclame* di un oste che offriva, sulla via del camposanto, il riposo e il vino bianco di *asprinia* per sollevare i cuori stretti di coloro che avevano commemorato i defunti. Tutte le botteghe di mercerie avevano esposto corone di pastiglia, di canutiglia, di fiori secchi, di brughiera disseccata e dipinta a varii colori: e gente vi entrava o usciva, portando via una corona piccola o grande, e già carrozze padronali e da nolo passavano, zeppe di gente vestita di nero, e larghe corone di fiori apparivano dagli sportelli chiusi, alcune di esse immense, bellissime: due o tre volte, gli occhi di Carmela Minino si riempirono di lacrime, pensando alla misera somma che teneva preziosamente serrata nel portafogli, così misera di fronte al suo ardente desiderio di covrire di fiori la tomba di colei che era stata ogni cosa, per lei, nella vita e nella morte: ma le lacrime ribevute le produssero come una reazione, le dettero una esaltazione muta ed alacre, un bisogno impetuoso di affrontare e di vincere il suo destino, in quel giorno. Tanto che, senza esitare, schiuse la elegante porta a cristalli del fioraio Lamarra, il più grande fioraio di Napoli, e avanzandosi sul terreno di marmo un po' bagnato, fra un andirivieni di gente che comperava, che pagava, che giungeva, che dava degli ordini, che usciva, fra i garzoni del fioraio che legavano i fiori intorno agli scheletri verdi delle corone, innestando le rose thea sovra un letto di felci, disponendo i crisantemi doppii sovra un fondo di foglie verdi, ella domandò a un uomo dai baffi bianchi, col cappello sulle ventitrè, senza nessuna timidità:

— Fatemi vedere delle corone di fiori freschi.

— Tutte queste qui, sono di ordinazione, — rispose l'uomo dai baffi bianchi, che era Lamarra, squadrando appena Carmela Minino e prendendola per una cameriera.

Ella restò interdetta, impallidendo, arrossendo, guardando le corone che lestamente si formavano sotto le mani rapide dei fiorai, guardando i cuscini di rose, con una croce di crisantemi bianchi, nel mezzo, guardando tutta quella bellezza, quella ricchezza un po' triste, floreale.

— A un dipresso, quanto costa una corona? — ella mormorò, dopo aver inghiottito, di nuovo, le sue lacrime.

— Io ve la posso fare di cento, di duecento lire, come volete, — disse il Lamarra, mentre restituiva del denaro a un cliente e mentre scriveva una ordinazione per l'indomani,

— Meno... meno di cento lire, non ve ne sono? — chiese Carmela Minino, arrossendo come una fiamma.

— Qualche cosa di sessanta, di cinquanta lire, — rispose distrattamente il fioraio, ripreso dai suoi affari, vedendo di aver a contrattare con un piccolo avventore.

Carmela Minino tacque, un momento. Quanto erano belle, quelle corone fresche, con quei delicati fiori di novembre che pare nascano appositamente per adornare le tombe dei morti, nel giorno della commemorazione; quanto erano fragranti, mollemente, con una fragranza fine e malinconica, tutti quei fiori sorgenti dagli steli e che avrebbero teneramente esalata la loro dolce vita sulle pietre di marmo del camposanto, covrendo della loro breve esistenza la freddezza e la durezza delle lapidi, un anno abbandonate! Ella riprese coraggio e chiese:

— Qual'è il minimo prezzo di una bella corona, dite?

E Lamarra la guardò, questa volta, con una ciera sprezzante, poichè trovava che quella ragazza gli faceva perdere troppo tempo, e le rispose, seccamente:

— Trenta lire.

— Ah! — esclamò lei, con voce sommessa.

Voltò le spalle, lentamente, Carmela, e uscì dalla bottega del fioraio, in preda a uno scoramento profondo. Perchè era entrata colà, quando non possedeva se non diciotto lire? Perchè aveva voluto vedere tutti quei bei fiori, posto che non glieli poteva portare, ad Amina Boschetti? Perchè questa follìa in lei, così povera, così meschina, così abbandonata, senza altre risorse che le sue gambe di ballerina di cui spesso gl'impresari non voleano sapere, senz'altro pane che quello guadagnato coi *battements* e gli *entrechats* che si pagano a due lire, a due lire e cinquanta la sera, quando tutto va bene, quando è San Carlo che paga? Ella camminava verso il basso della strada di Chiaia, facendo a sè stessa i più duri rimproveri per tanto orgoglio, per tanta vanità, per tanta presunzione. Che si credeva di essere? Una miserabile ballerinetta, bruttina, poco graziosa, senz'altro pregio che la gioventù, senz'altra qualità che la sua instancabilità: e osava voler portare una corona di fiori freschi ad Amina Boschetti! Ad Amina Boschetti? Ma non era stata, forse, la Boschetti, la stella più alta, più fulgida, indimenticabile, insuperabile, insuperata, del teatro San Carlo? Non era stata un'apparizione di grazia indicibile, di seduzione muliebre, una lieve forma affascinante nei suoi veli bianchi, nello scintillìo dei suoi busti tessuti di oro e di argento, come il corpo di una farfalla? E mentre camminava, così, senza meta, Carmela Minino si rammentò la figura poetica, ideale della grande Amina Boschetti nei vestiti napoletani della *Muta di Portici*, se la rammentava distesa per terra, con le due braccia che facevano arco alla testa, dove si ammassavano i bruni capelli, se la rammentava, sorridente di quel sorriso profondo che rendeva divino quel volto dove la beltà aveva la sua sede. In quella sera Carmela Minino aveva sentito nel suo cuore di bimba decenne, l'adorazione per quella creatura quasi sovrannaturale e aveva voluto, teneramente, baciare i due piedini alati della sua madrina. Ora, ora, come tutti i ricordi si affollavano nella sua mente, com'ella si ricordava di quell'essere bello di una bellezza strana e possente, vivente una esistenza di lusso e di piaceri, strappata ai suoi palazzi, alle sue ville, ai suoi amori in piena giovinezza, in piena beltà, Carmela Minino provava più forte, più acre il desiderio di gittare dei fiori, molti fiori, molti bei fiori e non altro, sovra una tomba simile, essa provava l'orrore della sua povertà, della sua impotenza. E tornò indietro, subito, rientrò da Lamarra, coraggiosamente.

— Sentite, sentite, — ella disse in fretta, emozionata, tutta pallida, toccando il braccio di Giovanni Lamarra. — Voi dovete farmi una corona di fiori freschi, per quindici lire.

Costui, non rudemente, colpito dal tono fremente di quella richiesta, le rispose con familiarità:

— Figliuola mia, non è possibile.

— Vedete, vedete di farmela... — balbettò lei, sempre più turbata, reprimendo i singhiozzi a stento.

— I fiori son cari... — osservò Lamarra, già scrollato nella sua implacabilità di primo fioraio napoletano.

— Non importa... me la fate più piccola... per quindici lire... quindici lire...

— Ma ci debbo rimettere, io, forse? — gridò Lamarra, con un falso tono d'ira, ma già commosso da quella insistenza, da quel pallore, da quella voce.

— Rimetteteci: fate una carità, del resto. Io non ho che quindici lire, — diss'ella, a bassa voce, ebbra di umiliazione, quasi avesse chiesto la elemosina.

— E va bene, — disse il fioraio, subito.

Tacquero. Ella teneva gli occhi bassi, si appoggiava al muro: cavò le sue quindici lire e l'occhio acuto del fioraio vide subito, in quell'esiguo portafogli, che ve ne erano solo altre tre, di lire.

— Dove debbo mandarla? — disse egli.

— La prendo io: la porto io stessa.

— Non è fatta.

— Aspetterò.

Egli si allontanò, passò nell'altra stanza, ritornò.

— L'avete ordinata? Come l'avete ordinata? — ella chiese, ansiosamente.

— Di crisantemi bianchi.

— Ah! va bene. Metteteci qualche rosa...

— Rose di ogni mese, queste ci posso mettere.

— Sì, sì, qualche rosa, ve ne prego.

Il fioraio si allontanò di nuovo. Carmela Minino restava nella prima bottega, fra la gente che andava e veniva, in un cantuccio, paziente, fra l'umidore dell'ambiente pieno di fiori bagnati, di erba molle d'acqua, tra le fragranze molto sottili di quei fiori autunnali. Quando ritornò, Lamarra, passò vicino a Carmela per prendere un cespo di rose bianche, rose di serra, magnifico, dalla vetrina: e cominciò egli stesso ad annodarlo, sotto una grande palma verde, con sapiente cura.

— Questa corona serve per vostra madre? — domandò curiosamente, ma benignamente, il fioraio.

— No, — disse Carmela Minino. — Per la mia comare.

— Oh! Le volete molto bene, allora?

— Sì, molto bene. Anche adesso, le voglio bene.

— Era vecchia quando andò in paradiso?

— No, era giovane e bella. Pareva un angelo, — ella mormorò, a occhi socchiusi, quasi innanzi ad una visione paradisiaca.

— Che siamo noi! — disse filosoficamente il fioraio. — È morta da poco?

— No, da sei anni. Io ne avevo quindici — e un velo di lacrime le appannò gli occhi.

— Non ci pensate, — soggiunse il fioraio, seguitando ad annodare le bellissime rose bianche, sotto la palma.

Ora, vi metteva intorno un nastro di amoerro bianco, dove stava scritto, a lettere di oro: «*Cara Maria, aspettami — Carlo*». E Carmela Minino che tutt'osservava, disse:

— Non ci si potrebbe mettere un nastro, una iscrizione, su questa mia corona?

— Sì, ora ci scriviamo una lettera, sopra, coi fiori! — esclamò ironicamente Lamarra.

— Almeno il nome? Il suo solo nome? — disse l'altra, congiungendo le mani, pregando.

— Come si chiamava?

— Si chiamava Amina Boschetti, — diss'ella, più piano.

— Come la ballerina, si chiamava? Come la nostra Boschetti?

— Era lei, la mia madrina, — soggiunse la povera Carmela Minino, mentre due lunghe lacrime le scendevano per le gote.

Egli la guardò, sorpreso assai. La giovane era così meschinamente vestita, stringeva nella mano un ombrello così vecchio, i suoi guanti neri erano così bianchi su tutte le cuciture, che il fioraio, pensando alla luminosa Dea della danza, che aveva fatto delirare di ammirazione e di amore le calde platee, quasi non le credette.

— Ella mi ha fatto bene in vita e in morte, — disse Carmela, con un impetuoso accento di sincerità. — E io debbo ricordarmelo sempre.

— Era una grande signora, buona, bella, generosa, — rispose il fioraio.

— Voi l'avete conosciuta, eh?

— Sì! Gliene ho portato fiori, sul palcoscenico, in certe serate! Ne ho guadagnato denaro, con quelli che impazzivano per lei! Ma lei se ne rideva, di tutti questi innamorati, me ne rammento. Che serate! Pareva una fata, quando ballava!

— Ora è morta, — soggiunse la fanciulla, con voce infranta. — Giacchè l'avete conosciuta, ve ne prego, scriveteci il nome sopra la corona, con le rose.

Tuonava il cannone di mezzogiorno quando, carica lietamente della sua corona, si avviò verso la stazione ferroviaria a piedi. Tutto ben considerato, con quei lunghi e acuti ragionamenti della gente che ha pochissimi denari e che deve contare uno per uno i suoi soldi, ella aveva osservato che valeva meglio, per lei, prendere il treno della piccola ferrovia Nola-Baiano. Vi sono omnibus che, in quel giorno dei morti, a centinaia ascendono faticosamente, carichi di gente, la collina di Poggioreale, dove è il camposanto: ma vanno con tanta lentezza, sono sempre pieni zeppi di persone e Carmela non sapeva bene se le avrebbero permesso di salirvi su, con la sua larga corona che sarebbe stata di molto fastidio ai vicini. Al cimitero, in quel giorno consacrato ai defunti, ci vanno migliaia di piccole e grandi carrozze da nolo: ma il meno che domandano, per andare e venire, sono cinque lire. La sua corona grande, larga, un po' pesante, le impediva di salire al cimitero a piedi, come avrebbe tentato, forse, se fosse stata a mani libere: il fioraio, con un estremo omaggio alla indimenticabile fata del teatro San Carlo, l'aveva formata così bella, quella corona! Intorno alla fascia larga dei crisantemi bianchi correva una striscia sottile di crisantemi di un rosa pallidissimo: e le parole della dedica, rilevate sulla fascia bianca dei crisantemi, *ad Amina Boschetti*, eran formate da roselline di ogni mese, bottoncini umili, modesti, tutti bagnati ancora d'acqua. Carmela Minino non ne sentiva il peso, di quella corona: essa camminava con passo quieto, soddisfatta del suo sacrificio, tutta intenerita dalla bontà del fioraio, il primo, il più elegante di Napoli, che aveva voluto accogliere le sue misere quindici lire: e pensava, Carmela, che il nome della sua madrina, detto lì, era stato il talismano che aveva toccato il cuore di Lamarra. Oh! non per lei! Bruttina, un po' sgraziata, timida malgrado il mestiere di ballerina che esercitava, selvatica per il senso della sua bruttezza e della sua miseria, diffidente contro ogni apparenza di lusinga, trascurata per la povertà nei suoi vestiti, Carmela passava così abbandonata e, talvolta, bistrattata, nel mondo, che un tratto di bontà, di affetto, la faceva commovere sino alle lacrime: il miracolo di quei fiori, che le sembravano magnifici, non era stato fatto per lei, ma perchè il caro nome della deliziosa danzatrice, sparita dal mondo, era stato pronunziato in quella bottega di fiori. Ella, andando alla stazione, non guardava nessuno in volto, presa dal suo pensiero: ma passando innanzi al caffè *Gambrinus*, il più *chic* di Napoli, quasi inconsciamente ella guardò verso la porta. Giusto, sulla soglia di marmo bianco, fissando le nuvole del bigio cielo di novembre con quei suoi occhi superbi e freddi di un azzurro così duro che rammentava l'acciaio, Ferdinando Terzi, con le mani nelle tasche del *paletot* strettamente inglese, fumando un sigaro di Avana, dalla cintura di carta d'oro, Ferdinando Terzi di Torregrande aspettava qualcuno o non aspettava nessuno, perdendo tempo, disoccupato, annoiato forse, senza nulla mostrare sul suo volto, dove si armonizzavano bizzarramente le linee più crudeli e più glacialmente crudeli di una bellezza virile bionda. Purissimo il profilo del naso aquilino; bianchissimi i denti che apparivano fra le labbra rosee ancora di giovinezza sana e segretamente focosa, sotto i sottili mustacchi biondi; bianco come la fronte spaziosa, il mento ovale; e azzurri, di un largo azzurro, gli occhi. Ma qualche cosa di tagliente, anche nel profilo; ma nel candore dei denti qualche cosa di fermo; ma la durezza di volontà in quel mento e un costante ignoto pensiero su quella fronte: e, sovra tutto, in quegli occhi azzurri tanto gelo di orgoglio, tanto gelo di indifferenza, e quasi sempre un gelo d'ironia sprezzante, un velo di disdegno crudele. Carmela Minino lo conosceva, Ferdinando Terzi: egli era abbonato alla prima fila delle poltrone al teatro San Carlo e non mancava mai, verso il tardi, ogni sera, al suo posto, in marsina, con la gardenia all'occhiello, portando nella persona una certa rigidità militare, non scevra di eleganza, che gli era restata dal suo servizio come ufficiale in un reggimento di cavalleria. Ella lo conosceva anche meglio, Ferdinando Terzi, poichè era l'amante della bella Emilia Tromba, la seducente ballerina di prima fila, che ballava così male, ma che aveva dei magnifici capelli neri, che non andava mai a tempo, ma aveva delle spalle mirabili, che faceva un grande chiasso, ma che si rideva delle ammende, poichè era ricca di denaro, di gioielli, di carrozze, e che l'impresa di San Carlo scritturava solo per far piacere agli elegantissimi abbonati delle poltrone, mentre ella era una maleducata, volgare, strillona, in continua lite con le sue compagne. Ferdinando Terzi raramente saliva sul palcoscenico, a prendere Emilia Tromba, e l'aspettava, taciturno, superbo, guardando le corifee coi suoi altieri occhi che attiravano e respingevano, crollando le spalle quando udiva la voce rauca di Emilia disputarsi con la cameriera, col custode del palcoscenico, col pompiere di guardia, rimanendo sempre lui un signore, un gran signore, malgrado l'incanagliamento di quella relazione. Più spesso, quasi sempre, il *coupé* di Ferdinando Terzi aspettava Emilia Tromba all'uscita del teatro San Carlo, ma non sempre egli vi era dentro. E Carmela Minino, quasi sparendo sotto la sua corona di fiori, fissò per un minuto il viso preoccupato del giovine signore: egli non si accorse di lei, naturalmente, e rientrò nel caffè. Un sospiro sollevò il petto di Carmela e, a un tratto, la stazione ferroviaria le parve tanto lontana e la corona dei fiori soffocante.

Ma ella vinse questo momento di scoraggiamento; l'ora si faceva tarda, il cielo si rannuvolava sempre più e se la pioggia la sorprendeva per le vie di Napoli, non avrebbe potuto neanche aprire l'ombrello, impedita dalla corona. Nella piccola stazione della Nola-Baiano la folla era così grande che la ballerina comprese non avrebbe trovato posto, in terza classe: si sentiva così oppressa, così debole, scoraggiata e ammiserita nelle più misteriose regioni della sua anima, che dimenticò i suoi costanti proponimenti di economia e prese un biglietto di andata e ritorno, di seconda classe, pagando diciotto soldi. Anche la seconda classe era zeppa; tutti andavano al camposanto: chi portava un pacchetto di candele di cera, da far ardere innanzi alle tombe; chi una piccola corona di perline; chi una corona di semprevivi gialli, secchi, con lettere di velluto nero che formavano le parole di dedica, e chi niente: e quasi tutti erano vestiti di nero, uomini, donne e fanciulli: e quasi tutti avevano l'aspetto contrito, silenziosi, alcuni vinti certamente dai ricordi di vecchi sopiti dolori, alcuni certamente portanti nel cuore un rammarico lontano e inconsolabile fattosi novellamente acuto, alcuni indifferenti nell'anima, ma fiaccati nei nervi dal cielo bigio, dal viaggio triste, dalla tristezza altrui. Per la massima parte in quella seconda classe del treno di Baiano, vi erano piccoli borghesi, operai, servi di famiglie ricche, impiegati e servi di quelle congregazioni religiose che riempiono delle loro cappelle il camposanto di Poggioreale e che rappresentano la più vasta associazione di mutuo soccorso innanzi alla morte, per la borghesia e pel popolo napoletano. Carmela Minino taceva: e oppressa dai suoi pensieri di miseria e di abbandono, oppressa dall'ambiente, abbassava la faccia dietro la grama veletta nera del suo cappello.

— Poggioreale! Poggioreale! — gridarono dalla minuscola stazione del cimitero, i due ferrovieri.

E quasi immediatamente, con un gran rumore di sportelli battuti, il piccolo treno si vuotò tutto, mentre pel viale saliente al largo ingresso inferiore del cimitero, un flutto di gente si avviava, portando i suoi pacchetti di cerei, le sue corone di canutiglie, di semprevivi, di fiori freschi. Attorno all'ampio cancello una quantità di omnibus, di calessi, di *char-à-bancs*, di biroccini, stazionava, coi cavalli senza cavezza, la testa immersa in un sacco di crusca, coi cocchieri che fumavano la pipa, seduti di traverso sulle loro serpi, alcuni aggruppati, altri in cerca di qualche osteria dei dintorni, dove potessero mangiare un boccone, aspettando i passeggieri che dovevano ritornare dal lugubre pellegrinaggio. Sotto il cielo basso e bigio, in quel tetro giorno di novembre, il camposanto di Napoli che occupa una delle sue più belle e più amene colline, quella di Poggioreale, conservava il suo aspetto d'immenso e fondo giardino signorile: e i suoi cespuglietti di fiori vivaci che circondano le tombe, e le sue siepi di bosso e di mortella che dividono gli ombrosi viali dai campi pieni di lapidi, e i boschetti di alberi, dove da mattina a sera cinguettano gli uccellini, gli alberi alti che ombreggiano le sue cappellette, le sue chiesette, i suoi più grandi monumenti, gli conservano, in ogni stagione, questo grandioso aspetto di parco aristocratico, qua e là interrotto da piccoli edifici, ora vezzosi, ora pomposi. Non solo nel giorno della commemorazione dei morti, ma sempre vi lavorano giardinieri sotto la direzione di qualcuno che ama quel camposanto teneramente, e le più belle rose di Napoli vi crescono e i meravigliosi crisantemi, di ogni tinta, ne smaltano persino le aiuole dei poveri e in tutte le stagioni pare che vi sorrida dolcemente la primavera dei morti. Tutto l'anno il camposanto di Poggioreale ha un aspetto, nella sua florida solitudine, raccolto, non triste; mentre in quel giorno, coi suoi viali neri di gente, con tutte le porte delle sue cappelle, delle sue chiese, dei suoi grandi monumenti aperte, da cui escivan chiarori di cerei, canti liturgici e odore d'incensi, misto a quello dei fiori freschi, il suo aspetto, sempre, non era triste, ma singolare, ma bizzarro, come di una strana fiera mortuaria, come di una mai vista pompa funebre, in un parco vastissimo, percorso da una folla immensa e svariata. L'ampio viale onde Carmela Minino, insieme con gli altri, saliva alle alture del cimitero ove sono le chiese più belle e i monumenti funerari più ricchi e più artistici, era murato e sulle mura vi eran delle lapidi cementate, le più antiche, con date di trenta o quarant'anni: la ballerina ne lesse due o tre ed ebbe un moto d'indifferenza. Che mai eran quelle donne, quei bimbi, quegli uomini che essa non avea mai conosciuti? Nulla a lei e, forse, nulla a nessuno di costoro che salivan con lei: quaranta, cinquanta anni sono troppi, perchè un morto possa esser più niente a nessuno. Qua e là, ora che cominciavano i prati fioriti di rose, di cinerarie, di tutti que' fiori bigi, lilla, violetti, che sembra Iddio faccia nascere nell'autunno per esser di accordo con la stagione e con le tombe dei morti, gruppetti di due o tre persone si agitavano intorno alle pietre mortuarie infisse semplicemente nella terra e, ripulitele, amorosamente, vi depositavano le corone novelle e infiggevano, nella terra, i cerei che ardevano nel giorno, con certe linguelle di fiamma esili e pallide, e qualcuno s'inginocchiava, pregando, senza curarsi di chi passava; e un singhiozzo, ogni tanto, rompeva l'aria, sulle tombe più recenti, singhiozzi scoppianti da donne vestite di nero, austeramente velate, mentre da tutte le cappelle, da tutte le chiese grandi e piccole, da ogni maestoso monumento escivano i canti del *De profundis* e della *Libera* e scintillavano, nel fondo di pietra, le candele accese e si dilatava l'odore dell'incenso, nell'aria. Carmela Minino, disfatta, sentendo sul suo corpo e sulla sua anima tutto un insopportabile peso di dolore, quasi non poteva avanzare più passo: un desiderio folle la travolgeva, di gittar via quella corona, di buttarsi sull'erba, sui fiori, faccia a terra, e di sciogliersi in lacrime, fino a che la morte l'avesse sorpresa colà!

Ma, a un tratto, il monumento elevato ad Amina Boschetti le apparve innanzi, quasi magicamente. Sorgeva in un quadrivio pieno di alberi, alti e folti, pieno di odorati cespugli di fiori:

aveva dirimpetto la cappella magnatizia dei principi di Sansevero, da un lato la chiesa votiva per la morte della giovanissima duchessa di Noja; ma il tempio eretto alla memoria della ballerina era più ampio, più ricco, più bello delle due chiese patrizie. Aveva un'architettura schiettamente egiziana, imitante una delle antiche tombe faraoniche, tutto in granito oscurissimo e in lucido basalto grigio. Le due porte, di un massiccio e puro artistico bronzo cesellato, erano schiuse: intorno intorno a quelle possenti, gravi e larghe masse di granito, girava un giardino fiorito, chiuso a sua volta da un cancello di bronzo. Guardandolo di lontano, il tempio egizio costruito per chiudere la leggiera salma della danzatrice, pareva tozzo, goffo, come sempre appariscono queste architetture, anche laggiù, fra il Nilo e il deserto. Ma come vi si avvicinava, le linee si sviluppavano, si ingrandivano, diventavano imponenti, maestose. E bastò questo solo suo aspetto grandioso e calmo, per dare un sussulto di coraggio a Carmela Minino; bastarono le due semplici parole, in bronzo dorato, scritte sul sommo della porta: **AMINA BOSCHETTI,** perchè una novella forza la ringagliardisse. Man mano che ella si accostava a quella magnifica forma di tempio, dove la fortuna, la ricchezza e la potenza della sua madrina ricevevano la consacrazione del trionfo, anche dopo la morte, una esaltazione facea balzare l'anima di Carmela, asciugandone, disseccandone tutte le lacrime, gonfiandole di tenerezza, ma di tenerezza superba, il suo piccolo cuore. Fu senza dolore, con un senso singolarissimo e inesplicato a lei, che ella entrò nel tempio egizio, segnandosi piamente.

Il tempio era riccamente adorno per la commemorazione di Amina Boschetti: dal soffitto pendevano quattro massicce lampade d'argento, sospese a grosse catene di argento, dove bruciava l'olio votivo: quattro alti e adorni candelieri di argento sopportanti i grossi cerei accesi erano collocati innanzi al breve altare funebre, disposto sotto la lapide che murava la salma. Tutto il tempio, intorno, spariva sotto le corone fresche di fiori rarissimi; ve ne erano, di fiori, sparsi per terra, sul basalto: e la lapide ne era coperta. Un prete, assistito da due altri, in ricchi paramenti dai colori mortuari, celebrava la decima o la duodecima messa funebre, colà, e come egli era venuto dopo gli altri, altri sarebbero venuti dopo lui, sino alle tre pomeridiane: e due chierici spandevano incenso dagli incensieri di argento. Due camerieri in livrea, appartenenti alla casa del banchiere Schulte, colui che aveva, per dieci anni della sua vita, adorato la leggiadrissima danzatrice, che le avea dato la sua fortuna e che fedele oltre la morte, in un miscuglio singolare di amore, di misticismo e di cinismo, le offriva tutte le pompe più ricche del culto religioso, stavano in fondo al tempio, muti, immobili: il loro padrone era venuto presto colà e tutto era stato disposto secondo i suoi ordini, sotto i suoi occhi, e tutti quei fiori li aveva portati lui, ed egli stesso aveva pregato per un'ora, lì dentro, incapace di dimenticare, incapace di consolarsi. I due camerieri presero silenziosamente dalle mani di Carmela Minino la corona di fiori, per deporla presso l'altare:

— Sulla pietra, sulla sua pietra — ella mormorò, supplice, tremante di una emozione che non era solo dolore, anzi quasi non era dolore.

Poi, quando la corona andò ad appoggiarsi a metà della lapide marmorea, sul posto dove giaceva, dietro la fredda pietra, il freddo cuore della incantevole Amina, la sua figlioccia si piegò sovra un inginocchiatoio di legno scolpito, dal cuscino di velluto rosso, dove, un'ora prima, era venuto a pregare Otto Schulte e chiuso il volto fra le mani, mentre il prete orava, pronunziando le parole tetre, tristi, dolenti, ploranti, della messa per i defunti, mentre il grido dell'anima cristiana che, giunta davanti all'Eterno suo giudice, domanda misericordia esciva dalle labbra dei suoi coadiutori, invece di pregare, Carmela Minino vide innanzi agli occhi della sua immaginazione colei che era sepolta dietro quel marmo, colei per cui era stato eretto quel tempio ricchissimo, colei per cui ardevano quelle lampade e quei candelabri, per cui olezzavano quei fiori, per cui pregavano il Signore quei sacerdoti. E vide una figura esile e lieve, un paio di occhi larghi, bruni, pensosi e ridenti insieme, un sorriso sopra una bocca deliziosamente espressiva, un fascino emanante da ogni atto gentile, un fascino di bellezza, di grazia, di giovinezza, di poesia, qualche cosa di trasvolante tra i veli candidi, fra lo scintillìo dei corsaletti ricamati d'oro, qualche cosa di fugace, di alato, d'inafferrabile che facea palpitare e fremere non solo gli uomini giovani, ma i vecchi, non solo gli uomini, ma le donne: Amina Boschetti! Fra la luce, innanzi ai teatri zeppi e semioscuri, ella appariva, sottile come uno stelo, con la sua piccola testa carica di capelli bruni, e non toccava terra nelle sue gonne simili a una nuvola e i suoi piccoli piedi calzati di seta rosa non toccavano terra e appena appena parea ricamassero delle cifre posate fra i fiori, sulle aiuole. Ella sorrideva dagli occhi e dalle labbra, danzando, mentre il suo corpo pieghevole si arrotondava allo slancio lievissimo: ella danzava, senza che mai quel sorriso, quel lampeggio degli occhi venissero meno, per la fatica: ella danzava, così, come se null'altro ella fosse venuta a fare, sulla terra. E veramente, la sua irresistibile perizia, veramente la delizia di quella danza facevano delirare le platee: e dal loggione dove il popolo si ammassava nelle serate classiche alle poltrone d'orchestra dove si raccoglieva la nobiltà napoletana, il nome di Amina Boschetti era acclamato come quello di una trionfatrice. La coprivano di fiori, di doni, di gioielli: le offrivano i loro cuori e le loro fortune: ed ella tutto accoglieva, sorvolando su tutto, sapendo che i fiori, i gioielli, i cuori, le fortune, eran fatti per lei, perché i suoi piedini calzati dalle fini scarpette di raso rosa vi facessero in mezzo una gaia danza. Ella aveva ville a Portici e a Posillipo, palazzi a Napoli, mobili sontuosi, equipaggi ricchissimi, vesti e pietre preziose degne di una sovrana; e la sua lieta giovinezza spensierata rideva di tutto ciò: ed ella dava in cambio tutta la poesia della sua bellezza, tutta la poesia della sua danza, sorridendo ai sogni di amore e di piacere. Così, nella sua infanzia, Carmela Minino l'aveva vista, ammirata, amata, come se Amina Boschetti avesse in sè qualche cosa di divino: così la povera figliuola di Bettina Minino, aveva volto gli occhi pieni di ammirazione trepida e devota alla fata delle danze. Tutti quei deliri, tutte quelle acclamazioni, tutti quei gioielli, tutto quel denaro che la gente gittava innanzi alla danzatrice adorabile, non sembravano, alla oscura piccola corifea, che un omaggio naturale, giusto, dovuto a quel leggiadrissimo idolo.

La messa funebre quasi finiva, mentre alte risuonavano le parole latine d'implorazione del sacerdote, sotto la volta granitica del tempio egizio. Ma Carmela Minino che, pure, era una umile e pia cristiana, ancora non pensava a pregare per l'anima della sua madrina. Ora si rammentava come la bella danzatrice era entrata nella sua piccola vita, piena di ombre, di tristezze, di miserie! si rammentava di essere stata condotta, un giorno, due giorni, varie volte, in quel grande palazzo della Riviera di Chiaia, dove Amina Boschetti viveva fra la ricchezza del lusso e dell'arte, e in quell'amena, fresca villa di Portici, posta fra gli orti, i giardini e il mare: sua madre, la rammendatrice di maglie di seta, aveva servito la Boschetti, quando costei era una semplice ballerinetta di quarta fila, e, più tardi, quando la ballerinetta era diventata una stella fulgida, la povera rammendatrice, assai misera per mancanza di lavoro, andava a raccogliere le vecchie maglie che la Boschetti gittava via, gli scarpini di raso rosa che la Boschetti metteva una volta soltanto, e di questi doni, facili alla prodigalità della grande artista delle danze, Bettina Minino faceva un piccolo commercio. Allora, Carmela Minino aveva dieci anni, due grandi occhi neri e dei bei capelli neri, non pareva che dovesse diventare bruttina come era, poi, più tardi, divenuta, pur conservando il dono dei belli occhi e dei bei capelli. Ogni tanto, Amina Boschetti passava nella sua anticamera, dove Carmela si rannicchiava in un angolo; la carezzava lievemente, passando, nelle sue ampie vesti di lana bianca che avevan del peplo greco e da cui si ergeva la seducente testina.

— E falla ballare, falla ballare, — rispondeva familiarmente la Boschetti, quando la sua vecchia rammendatrice sospirava, parlando di sua figlia.

— E se è brutta, Eccellenza?

— Speriamo di no.

— E se si perde l'anima e il corpo, a teatro?

— Chi si perde, si ritrova, — replicava, ridendo, la Boschetti.

Tutto finì così: che la Boschetti dava venticinque lire il mese, per vari anni, a Bettina Minino, perchè la sua figliuola potesse imparare il ballo. Ohimè, la piccola Carmela mancava di grazia, di brio, di leggerezza, nella danza: studiava molto, si stancava enormemente, era obbediente, sommessa alle osservazioni del maestro, tentava del suo meglio, ma non arrivava a conquistare quelle qualità necessarie ad una ballerina. Anche, verso i sedici anni, invece di fiorire come tutte le giovinette, deperì. La sua carnagione si fece bruna e opaca, le linee s'indurirono ai pomelli, al mento; le labbra s'impallidirono. Forse mangiava poco: forse ballava troppo: forse, mancava d'aria e di luce, in quella stanza del vico Paradiso; ma la sua gioventù fu sfiorita, restandole solo quei begli occhi un po' tristi, ma pur fieri, che, del resto, hanno le napoletane più brutte, quei bei capelli, che, anche, sono un pregio assai comune, a Napoli.

— Signora mia, è brutta, è brutta, — diceva, piagnucolando, ogni tanto, Bettina Minino alla sua benefattrice.

— Pazienza! Così non si perderà, — rispondeva, sorridendo, la Boschetti.

E per la sua protezione, solo per questo, Carmela Minino era entrata nel corpo di ballo di San Carlo: ma nell'ultima fila, con tre lire e cinquanta ogni sera di ballo, con l'obbligo di fornirsi del basso vestiario, scarpette, coturni, maglie di seta, gonnellini di velo, coll'obbligo di venire ben pettinata o di farsi pettinare dal parrucchiere del teatro, con tanti obblighi, tutti costosi, che riducevano a nulla le tre lire e cinquanta serotine. Era, anche, una grazia particolare, perché a San Carlo non volevano brutte ballerine, anche nell'ultima fila, perché Carmela ballava così e così, sovra tutto mancava di sorriso, sempre con quel viso senza gioventù e gli occhi malinconici. Con il poco guadagno della madre, con le venticinque lire il mese del sussidio Boschetti, meno male, si tirava avanti, quando Amina Boschetti morì...

Ora, la messa era finita e il prete, secondato dai due coadiutori, benediceva con l'acqua santa il tumulo, cioè la lapide.

E invece di pregare per colei che dormiva da sei anni l'eterno sonno della morte, dietro quel macigno di granito, Carmela Minino pensava alla morte di Amina Boschetti. Ella l'aveva vista ballare, l'ultima volta, in un ballo grandioso, di carattere egizio: *Le figlie di Cheops*. Le due figliuole del Faraonide eran rappresentate da una bellissima mima, alta, formosa, Assunta Mezzanotte, che poi, più tardi, doveva tentare con minor fortuna il teatro di prosa, e l'altra figliuola, la sorella, la rivale, era Amina Boschetti. Non so per quante sere, nelle vesti orientali, con *l'ibis* d'oro fermante i capelli bruni sulla fronte, carica di gioielli antichi, Amina Boschetti aveva ballato, e più che ballato, sceneggiato e drammatizzato quel ballo delle *Figlie di Cheops*: e non so quale storia d'amore vincitore e vinto, fra le due sorelle, conduceva la minore Faraonide, la danzatrice, alla morte. Nell'ultima scena, ell'appariva in una festa sacra, bella di una ieratica bellezza fatale, coverta di ori e di gemme preziose, con un sorriso inebbriato ed inebbriante sulle labbra, con qualche cosa di folle negli occhi scintillanti. Così la Faraonide Amina Boschetti imprendeva una sua danza religiosa insieme a un serpente: a un serpente pitone, sacro alle deità egizie, che ella si avvolgeva alle braccia, al corpo, scherzando, giuocando con esso, accostandosene lietamente e follemente la testa al volto, gittandolo via, ghermendolo, agitandolo intorno a sè, in volute bizzarre. Poi, l'affanno delle danze cresceva, cresceva, i capelli della danzatrice si scioglievano sulle spalle, ella girava come folle, come convulsa, fino a che, appuntando la testa del serpente sul suo petto nudo, si faceva mordere, cadeva, moriva, fra il terrore di tutti. In questo ballo, in quest'ultima scena, Amina Boschetti esciva dal limite della danzatrice felice, vaga e spensierata: ell'assumeva un aspetto drammatico e il pubblico ne aveva un effetto più profondo e più alto. Quattro giorni dopo la chiusura del San Carlo, quattro giorni dopo l'ultima trionfale rappresentazione delle *Figlie di Cheops,* non ancora trentenne, in piena beltà, in pieno trionfo, Amina Boschetti moriva nel suo palazzo della Riviera di Chiaia, in pochi minuti, per un aneurisma. Niuno sapeva che ella fosse malata al cuore: forse, lo sapeva ella sola.

E nella limitata intelligenza di Carmela Minino, la esaltazione dell'adorazione che ella sentiva per Amina Boschetti, la induceva oltre i confini della piccola anima popolana, la slanciava in pieno sogno. Quel tempio, quegli argenti, quei fiori, quegli incensi, quelle preghiere, quel culto d'amore e di lusso grandioso che oltrepassava il tempo, che oltrepassava la morte, non dicevano l'imperio della grande maga, ancora, sempre? Non era Amina Boschetti indimenticabile, indimenticata, come una suprema parvenza di poesia? Nessuna ne aveva preso il posto nella fervida ammirazione del pubblico e tutta una folla la rimpiangeva, ogni volta che una nuova ballerina appariva sulle scene del San Carlo: nessuno ne aveva preso il posto, nel cuore di colei che l'aveva amata. Nessuno, nulla, nè il tempo nè gli eventi avrebbero potuto prenderne il posto nella oscura vita di Carmela Minino, la corifea. Colà, sola, innanzi a quella tomba, piegate le ginocchia innanzi a un diletto nome scritto sulla pietra, nell'ardore che le bruciava le vene, Carmela Minino promise, giurò, alla sua madrina morta, di fare sempre quello che ella aveva voluto la sua figlioccia facesse: promise, giurò di continuare quel mestiere duro, faticoso, pieno di pericoli, pieno di tristezze, che appena le dava il pane, che la lasciava mesi interi senza lavoro, che la esponeva alle delusioni, alle amarezze, ai dileggi di tutto l'orribile mondo teatrale, che la teneva fra il disonore e la miseria e che, infine, l'avrebbe portata, chi sa, all'elemosina, all'ospedale: che importava? Ella aveva voluto così: e Carmela s'inchinava ancora una volta, ebbra di obbedienza, ebbra di devozione, oltre la tomba, sino alla morte e oltre la morte. Anzi, nella sua febbre di amore e di sacrificio, Carmela dimenticò completamente di pregare. Con la familiarità religiosa comune ai cuori semplici napoletani, con la empietà ingenua dei cuori passionali, ella era certa, certa, che il Signore aveva perdonato ad Amina Boschetti tutti i suoi peccati.

La corifea rientrò in Napoli verso le cinque. Quasi annottava. Questa volta, per trovarsi più presto in Via Paradiso, alla Pignasecca, voltò dalla stazione per la regione settentrionale di Napoli, Via Cirillo, Via Foria. Quando fu presso il Museo Nazionale, la pioggia cominciò a cader fitta fitta. Temendo pel suo vestito, pel suo cappello, per le scarpe, ella si rifugiò nella Galleria Principe di Napoli, dove centinaia di altre persone, senza ombrello, o con qualche vecchio ombrello consunto, aspettavano che finisse di piovere. Si faceva tardi, per Carmela. La pioggia diminuiva ed ella discese la scalinata della Galleria verso Via Toledo; guardando innanzi a sè, ella scorse un elegantissimo *coupé* signorile fermo innanzi al grande arco della Galleria. Sul marciapiede, piegato verso lo sportello, nascondendone il vano, un signore parlava alacremente e attentamente ascoltava chi era dentro la vettura. Malgrado che le volgesse le spalle e che avesse cambiato vestito, Carmela riconobbe subito il conte Ferdinando Terzi. Ella si fermò un istante sugli scalini, guardando verso il *coupé*, cercando timidamente di scorgere chi vi si trovasse dentro. Oh ella sapeva bene, Carmela, che Ferdinando Terzi nascondeva e mal nascondeva una perigliosa e violenta relazione con una giovane signora dell'aristocrazia, a cui Emilia Tromba faceva o da paravento o da diversivo: sul palcoscenico se ne parlava, fra le ballerine che spettegolezzavano sugli amori e sui vizi del mondo aristocratico, in cui spesso hanno delle rivali, e Carmela conosceva il nome e il volto giovanile, pensoso e dolce di colei che si diceva amasse follemente Ferdinando Terzi. Ma pioveva ancora e fra le penombre del crepuscolo e il velo sottile della pioggia, nel giro largo e lento che Carmela Minino fece intorno alla piccola carrozza signorile, non giunse a distinguere nulla. Lentamente, la ballerina si allontanò lungo il marciapiede opposto, andando verso la sua casa: si voltò solo, sotto l'ombrello, due o tre volte, a guardare indietro. Il *coupé* era sempre fermo, Ferdinando Terzi — le pareva a Carmela — si era sollevato, guardandosi intorno, per diffidenza: poi si era curvato di nuovo, a discorrere. Ma in quell'ora, con quel tempo, lontano dal centro aristocratico di Napoli, fra le oscurità del crepuscolo che si facea sera, sotto la pioggia, chi potea, lassù, riconoscere Ferdinando Terzi e il *coupé* della marchesa... chi, se non l'occhio umile ma acuto di una poveretta che ritornava dal cimitero, a piedi dalla ferrovia, tutta molle di umidità, senz'aver pranzato, anelando alla sua stanzetta solinga e a un po' di cibo?

Fu più in là verso piazza Dante, che una voce amabile interruppe il cammino di Carmela. Sulla soglia di uno dei grandi magazzini inglesi di Gutteridge, un giovanotto l'aveva interpellata:

— Oh, signorina Minino, buonasera! non mi salutate, neppure?

— Buonasera, buonasera, — ella mormorò, interdetta, fermandosi e pentendosi subito di essersi fermata.

— Entrate un poco, signorina, — soggiunse il giovane, liberando l'entrata.

— No, non posso, signor Gargiulo, ho fretta.

— Sempre così! E donde venite, sempre simpatica, sempre così simpatica e così cattiva, con me? Da una prova di ballo?

— A quest'ora? — ella mormorò, senza badare ai complimenti. — Io vengo dal camposanto.

— Scusate, — disse Gargiulo, interdetto. — Andate a casa? Posso accompagnarvi, un poco?

— No, no, grazie, badate al vostro lavoro.

— Oh, è già sera, non verrà più nessuno, dico a un compagno di supplirmi alla cassa. Permettete?

— Nossignore, buonasera, signor Gargiulo, — concluse lei, in fretta, licenziandosi.

Il giovane cassiere rimase un po' confuso: ma lo stesso sorriso un po' fatuo gli restò sulle labbra, mentre guardava allontanarsi la ballerina. Egli era alto e magro, con un viso olivastro e un paio di baffetti bruni a cui teneva molto, accarezzandoli spesso: portava i capelli neri tagliati a spazzola sulla fronte e non mancava di una certa linea di eleganza, nella sua magrezza. Parlava con sovrabbondanza, come tutti i commessi di negozio, con uno spolvero di false buone maniere, con le unghie lunghe e accurate, e un brillante al mignolo: vivente maluccio col suo stipendio di cassiere, ma sempre ben vestito, con quella ricercatezza speciale dei giovani commessi, amatore dello *smoking* e frequentatore accanito di teatri e di balletti borghesi. In teatro andava gratuitamente, per mezzo di un giornalista suo amico, specie a San Carlo: e, talvolta, con l'amico era andato ad aspettare l'uscita delle ballerine, dopo lo spettacolo. Colà aveva visto passare, varie sere, Carmela Minino, sola: le aveva diretto qualche parola, così, per far anche lui il corteggiatore di una ballerina.

— Lascia andare, — gli aveva mormorato l'amico giornalista. — È brutta ed onesta.

— Ne sei certo?

— Certissimo. Sono otto o dieci, ancora zitelle, a San Carlo, fra cui la Minino.

— Allora sarebbe un bel guaio per me.

— Naturalmente.

Niente altro. Ma sempre che la incontrava, Roberto Gargiulo si avvicinava a Carmela, le faceva dei complimenti vivaci e delle allusioni poco velate. Ella rispondeva poco o nulla, si schermiva alla meglio, si allontanava. Pure, Gargiulo che aveva fatto qualche conquista, nel monduccio borghese ove si aggirava, pensava che se avesse voluto, con una corte assidua, con qualche regaluccio, Carmela Minino avrebbe finito per amarlo. Conveniva a lui, però insistere, poichè la ballerina era onesta, affrontare certe conseguenze, portare la catena di una relazione simile? Chi sa... più tardi... forse... e intanto, ogni volta che ella gl'impediva di continuare i suoi discorsi, egli conservava il suo sorriso fatuo, di seduttore che non vuole insistere.

Carmela affrettava il passo, verso via Pignasecca, aveva crollato le spalle, lasciando Roberto Gargiulo. Egli non le dispiaceva e non le piaceva, ma ella adoperava con lui le armi di difesa abituali di una donna che ha paura dell'amore e paura del peccato. Credendosi anche più brutta di quello che era, una istintiva, selvatica diffidenza le veniva contro ogni accenno di corte; ella supponeva sempre un inganno maschile, una trama, per farla cadere nel peccato, per burlarsi di lei, subito dopo. Vagamente, nella sua coscienza di povera serva sociale, di povero atomo, senza forza e senza coraggio, ella sentiva che, un giorno o l'altro, questo sarebbe accaduto: ma, con tutte le cure quotidiane, ella respingeva da sè questo avvenimento, ciecamente respingendo chiunque avesse potuto rappresentarlo: adoperava le più puerili e le più inani armi di difesa, fuggendo le conversazioni, fuggendo i contatti, evitando ogni occasione, facendosi anche più rustica e più sgraziata. Oh non molti la corteggiavano, mal vestita, sempre sola, sempre danzante nelle ultime file, senza un gioiello, senza un fiore nei capelli, ma ogni tanto qualcuno, Roberto Gargiulo o don Gabriele Scognamiglio, il cavaliere Gabriele Scognamiglio, il ricco farmacista, consuetudinario di San Carlo, che abitava in piazza della Pignasecca, o il figliuolo del direttore del palcoscenico, qualcuno di questi la perseguitava per due o tre giorni, per una settimana, dicendole sempre le stesse cose, volendo tutti la medesima cosa, ingannarla, cioè, pensava lei, condurla al peccato, per piantarla subito. No, no. Ella li scoraggiava, facendosi vedere sempre più goffa, a occhi bassi, troncando i discorsi, fuggendo, quasi sempre.

— Buonasera, donna Carmelina! — disse una voce d'uomo, mentre ella sbucava sulla piazza della Pignasecca.

— Ecco l'altro, — mormorò fra sè Carmela. — Buonasera, cavaliere.

Era don Gabriele Scognamiglio, il ricco farmacista, celibe impenitente, famoso donnaiuolo: un uomo che aveva già i suoi cinquantacinque anni, ma che portava la sua barba bianca bene tagliata e profumata, quasi sempre in marsina la sera, pulito, svelto, che sapeva parlare alle donne, brutale, del resto, nel fondo del suo animo, freddo e calcolatore.

— Donna Carmelina, volete venire stasera a pranzo con me, a Frisio, stasera?

— Grazie, cavaliere, ho già pranzato.

— Allora, andiamo insieme al caffè-concerto, donna Carmelina, che ne dite? Dopo mezzanotte, si cena...

— Buona sera, buon divertimento, cavaliere — diss'ella allontanandosi.

— Siete proprio una scema, donna Carmelina, ve ne pentirete! — esclamò lui, ridendo, chiamando una carrozza per andare a pranzo.

Ah, quando fu in casa, nella stanza al quarto piano, piena di umidità, Carmela Minino fu presa da una stanchezza mortale. A forza si trascinò sino al tavolino per accendere il lume a petrolio; e per forza se ne andò in cucina, ad accendere un po' di fuoco, per cucinarsi un paio di uova, che aveva in casa: niente altro, perchè sarebbe morta di fame, anzi che discendere quei quattro piani a comperarsi qualche altra cosa. Moriva di fatica, di lassitudine morale, di segreta tristezza: e mangiando quel poco di cibo, sopra un angolo nudo del suo tavolino, alla luce fumosa della sua lampada, pensò, sì, di essere una scema, come aveva detto don Gabriele Scognamiglio. Ma non se ne pentì, in quella sera.

II.

Un campanello squillò, fortemente, e continuò a tinnire presso la finestrella della cucina: Carmela venne a sporgersi in quella stretta, oscura, umida tromba del cortiletto, dove si aprivano le finestrelle di tutte le altre cucine e scorse un volto di donna, giù, nel cortile, guardante in su:

— Donna Carmela, è ora? Posso salire? — disse una voce grossa femminile, dal basso.

— Sali, sali, Gaetanella, — rispose, di sopra, la ballerina.

Ella rientrò nella sua camera e riprese il suo lavoro, intorno al quale si erano esercitate lente e pazienti le sue mani, malgrado che fosse domenica. Era la sua buona maglia di seta, la quale già mostrava, qua e là, dei rallentamenti che facean sospirare di tristezza Carmela.

Ella ne possedeva tre, di maglie, e non le avea rinnovate, da molto tempo: una, la più vecchia, era così vecchia, così scolorita, che parea bianca, ai lumi della ribalta, e che ella conservava, cencio inutile, per spirito di economia: una seconda, che aveva serbato il color carnicino, ma consunta, molto rammendata, troppo rammendata, non poteva servire più, a San Carlo, in inverno, ed ella l'adoperava ancora, in estate, a Santa Maria di Capua, a Lecce, a Catanzaro, in quelle così incerte e così perigliose stagioni di ballo, in provincia, dove le povere ballerine vanno solo per avere il pane. Per San Carlo, dove l'impresario, il maestro concertatore del ballo, il direttore del palcoscenico, erano così esigenti, così duri, così brutali, sulla questione del *basso vestiario*, sulle scarpette di seta, sui coturni di pelle, sulle gonnelle di velo, spese che spettano tutte quante alle ballerine, ella doveva adoperare la sola buona maglia che avesse: e così Carmela ne sorvegliava il tessuto serico, leggiero, con cure quotidiane, tremando di doverne comperare una nuova, appena passabile, per ventotto lire! Sua madre le aveva insegnato il rammendo su maglie di seta, il suo povero mestiere: chi sa mai, per non crepare dalla fame.

Gaetanella, la pettinatrice, entrò senza bussare e avendo salutata la sua cliente, svolse d'attorno la sua cintura, dove era ravvolto un grembiule bianco. Carmela Minino si era seduta innanzi allo specchio piccolo e appannato di un'antica *toilette* di legno:

Gaetanella, dopo aver fatto un giro di ricerche, nella stanza, le aveva gittato sulle spalle un asciugamano, perché i capelli disciolti non le ungessero il vestito.

— Anche oggi, si balla, donna Carmela...

— Due volte, anzi, giorno e sera, Gaetanella mia.

— Come, anche quest'ultima domenica di Carnevale?

— Si sa, noi balliamo due volte al giorno, tutte le ultime quattro domeniche di carnevale. Per noi, non ci sono feste... — sospirò la ballerina.

— Domani pure? Pure dopodimani? — chiese la pettinatrice, mentre passava il pettine nei lunghi capelli disciolti.

17

— Sono i due ultimi giorni di carnevale. Doppio spettacolo — mormorò l'altra. — Certi giorni, moriamo di fatica.

Tacquero un istante. La pettinatrice era una giovane popolana, piccola, tarchiata, con un elmo di capelli oscuri alto sul capo, con uno scialletto di lana azzurro incrociato sul petto, con una veste di lana color granato e un paio di stivaletti dai tacchetti alti e rumoreggianti. Ella pettinava Carmela con una rapidità meccanica grandissima: le mani brune, magre, ossute, ornate di anelli grossolani, della pettinatrice avevano, in qualche momento, lo scatto burlesco delle mani scimmiesche.

— E stassera, tardi, a casa? — disse la pettinatrice, legando a metà testa, con un cordoncino, un forte mazzocchio di capelli.

— Verso l'una dopo mezzanotte.

— Sola sola? Non avete paura?

— Sì... qualche volta.

Tutto il costante cruccio di quel ritorno a casa, di notte, sola, ad ora già alta, in un quartiere lontano da San Carlo, per vie poco frequentate, dove potea incontrare ladri, ubbriachi, malintenzionati, le si dipinse sul volto.

— Io mi farei accompagnare da qualche parente, — riprese Gaetanella, che si accorse di quella tristezza.

— Io non ho nessun parente. Forse... qualche amico mi accompagnerebbe... se volessi... ma non voglio.

— Fate bene, — ribatté subito Gaetanella, che comprese. — La Madonna vi mantenga in questa intenzione.

Conosceva, Gaetanella, che la ballerina si conservava ancora onesta: nel vicolo Paradiso, dove la pettinatrice anche abitava, tutti lo sapevano che Carmela Minino tornava a casa sempre sola, che non riceveva visite, che non riceveva lettere o fiori, che usciva soltanto per andare al teatro e alla chiesa, che era così povera perché non voleva aver protettore. Dalla fruttivendola, una orribile strega che strillava dalla mattina alla sera, con tutti quanti, alla carbonaia che con le mani sporche di carbone lavorava a una calzetta già nera sulla soglia della sua bottega nerissima di carbone, da don Santo il panettiere che vendeva anche la neve, in estate, al cantiniere, uno smargiasso, figliuolo della celebre venditrice di vino, la Sangiovannara, tutti i vicini di Carmela Minino ne elogiavano le virtù.

L'edificio della pettinatura di Carmela, sotto le agilissime, scarne mani di Gaetanella, cominciava a prendere quell'aspetto turrito come era la moda, in quella stagione.

— Rialzami la *frangetta*, te ne prego.

La *frangetta* era una sfioccatura di capelli, tagliata diritta sulla fronte e che ne copriva la metà. Era passata di moda, da qualche tempo, ma Carmela la usava sempre.

— Stareste male, senza frangetta, — disse Gaetanella fermandosi, guardando il viso di Carmela nella spera.

— Lo so! — esclamò la corifea, sospirando. — Ma in palcoscenico nessuna la porta più... mi burlano, perchè mi pettino all'antica...

— Non date retta: sono compagne invidiose.

— Anche il direttore del ballo mi ha sgridato. Provate a rialzarmela, — pregò ella, ancora.

Difatti, Gaetanella le rialzò, con le forcinelle invisibili, i capelli abbassati sulla fronte. La fronte, un po' troppo alta, apparve nuda: ed il viso lungo di Carmela si allungò ancora.

— Quanto sono più brutta, così, — ella soggiunse, dopo essersi rimirata, con un accento pieno di sincerità e pieno di amarezza

— Sì, non state bene, così. Ora ve l'abbasso di nuovo, la *frangetta*.

— Non importa, — ribatté Carmela, rassegnatamente. — Preferisco non prendere delle sgridate.

Mentre Gaetanella, compita la pettinatura, vi ficcava certi spilloni di grezza chincaglieria, false perle, falsi smeraldi, strassi poco scintillanti, Carmela si sogguardò nuovamente e si trovò bruttissima, con quella fronte che le pareva enorme, Non aprì bocca. La pettinatrice aveva finito tirava i capelli caduti o strappati, dai denti del pettine, ne faceva un batuffoletto, deponendolo sul piano della *toilette*, si soffiava sulle mani, si riavvolgeva attorno alla cintura il suo grembiule bianco. Carmela cavò dalla tasca quattro soldi e glieli dette, in pagamento della sua pettinatura. In verità, Gaetanella si faceva sempre pagare a mese, da tutte le donnette del vicinato, tre o quattro lire il mese, il che riduceva la pettinatura a due soldi il giorno. Ma la ballerina si faceva pettinare da lei, solo nei giorni in cui ballava: e il contratto era diverso. Su per giù, con quindici rappresentazioni al mese, venivano le medesime tre lire al mese: ma la povera corifea preferiva pagare volta per volta, quei quattro soldi non le pesavano tanto. Furlai, il parrucchiere di San Carlo, voleva sei e spesso otto lire il mese: Carmela non poteva, non poteva, non aveva protettore vecchio o giovine.

— Domani, a che ora? — chiese Gaetanella, dalla soglia.

— Sempre alle due, mi raccomando.

— Non dubitate.

La porta si richiuse. Carmela andò a guardare l'ora a un vecchio orologio da tasca, di argento, che le aveva lasciato sua madre: erano le due e mezzo. — Doveva sbrigarsi. — Quando vi erano due spettacoli, l'impresario voleva che le ballerine si trovassero in teatro, alle tre, mentre appena cominciava la prima opera in musica sino alle tre e mezzo, una lira di multa; dopo le tre e mezzo, ritenuta di una giornata. Era una crudeltà tener lì, in quei grandi cameroni nudi, male odoranti, riscaldati dalla fiamma del gas, dove le corifee si vestivano e si spogliavano, a quattro, a otto, a dodici per camera, tre ore prima, tutte quelle che dovevano ballare; ma le proteste, i gridi, la collera erano inutili: col regolamento non si scherzava. Di domenica, si entrava in teatro alle tre del pomeriggio, si usciva all'una dopo mezzanotte, tredici ore di fatiche pesanti e di ozi anche più pesanti, chiuse dentro, con quella luce cruda, con tutti quei fiati, con quei pessimi profumi da una lira la boccetta e tanti altri odori più nauseanti. Molte profittavano di un'ora di libertà, fra uno spettacolo e l'altro, e scappavano a casa: ma non era peggio, vestirsi, spogliarsi, correr via, ritornare? Una vita da cani, in carnevale, quando tutti si divertono.

Così, con quella monotonia di movimenti che indica una consuetudine oramai invincibile, Carmela mise in una scatola di cartone lunga e stretta le sue gonnellucce di velo tarlatan, bianche: erano nuove, leggiere, molto sbuffanti, come è sempre il *tarlatan*, quando si adopera la prima volta; ma alla terza, alla quarta, che appassimento! Vi mise anche le sue scarpette di raso rosa, ohimè, non più nuove, tutte sciupate, portabili solo per pochi giorni, ancora: e costavano quattro lire il paio! Vi unì due o tre vasetti dove restava un po' di *cold cream*, un po' di rossetto, un po' di cipria: vi depose un piumino spelato e una spelata zampa di lepre. Guardò se dimenticasse qualche cosa. — Niente altro? No: niente. Il suo misero bagaglio di ballerina di terza fila, pagata a tre lire e cinquanta al giorno, era al completo, nella sua perfetta povertà. Ebbe un minuto di tristezza, così, improvviso. Pensava a Emilia Tromba che, malgrado fosse una semplice ballerina di prima fila, niente altro che una *guida*, sol perché era bella, sfrontata e insolente, portava in teatro un *nécessaire* di argento con le sue cifre, per la sua *toilette:* quei vasetti, quelle fialette erano ripiene dei più bei e dei più soavi cosmetici, che Emilia Tromba distendeva sul suo volto ridendo, strillando, bestemmiando, persino, con quella sua voce roca di donnaccia ubbriaca, che contrastava così forte con la beltà pura del suo volto: quel *nécessaire*, invidia di tutto il palcoscenico, non glielo aveva, forse, donato Ferdinando Terzi? Il gentiluomo dai glaciali occhi azzurri, limpidi e taglienti nel superbo sguardo, che su ogni cosa e ogni persona volgevasi con la medesima indifferenza, aveva fatto quel dono di mille lire, più di mille lire, si dicea, a Emilia nel giorno del suo onomastico, per fare schiattare le altre ballerine. Ma l'ora urgeva: Carmela chiamò il figliuolo dl portinaio, un ragazzetto di dieci anni, e gli confidò la scatola. Quel monello gliela portava ogni giorno, a San Carlo e gliela riportava a casa, il dì seguente, per qualche soldino che la ballerina gli donava. Ella si sarebbe vergognata di portare, per Toledo, quello scatolone lungo e leggiero, che indicava la sua professione e avrebbe fatto voltar la gente.

Quando il ragazzo fu partito, saltando gli scalini di quel quarto piano a quattro a quattro, Carmela pensando a quelle tredici ore di reclusione, mise in un giornale due fette di pane in cui stava stretto un pezzo del *ragout* domenicale, da lei stessa cucinato, vi unì una mela rossa e un coltellino, facendone un pacchettino decente; quello lo portava con sè, avrebbe mangiato un boccone, fra uno spettacolo e l'altro, senza uscire di teatro. Andò verso il letto e mentalmente disse un'*Ave Maria* alla Madonna di Pompei che aveva, a capo letto, tre *Gloria Patri* a sant'Antonio di cui era specialmente tenera, per le grazie che fa — tredici al giorno — e si mise in tasca il rosario, per abitudine. Andando a mettersi il cappello, innanzi alla spera, vide una carta, sul piano della *toilette*. L'aprì; rilesse quella lettera, scritta in uno stile amoroso fra il romantico e il brioso, da Roberto Gargiulo, il cassiere della casa Gutteridge. Il giovane, in quell'inverno, era stato varie, troppe volte a San Carlo, introdotto dall'amico giornalista: e sentendo che ognuno di quegli abbonati alle poltrone aveva la sua innamorata, la sua amante, fra quelle ballerine, udendo tutti quei discorsi di piccoli e grandi don Giovanni, vedendo Carmela danzare, ogni sera, sapendo che non aveva nessuno che la corteggiasse, sapendola molto restia, ma non totalmente restia, si era rimesso a farle dichiarazioni amorose, in prosa e in versi — i versi, li copiava qua e là — ad aspettarla, innanzi al teatro, quando esciva. Il suo sogno sarebbe stato di andare nelle quinte, come tanti gentiluomini in marsina, in cravatta bianca, col fiore all'occhiello: ma egli non era che un oscuro impiegato di commercio! Carmela diceva no, sempre, con quel diniego costante e disperato di chi si ostina ciecamente: ma le lettere non le dispiacevano. Ed obbedì a un senso di vanità, mettendosi in tasca la ultima lettera di Roberto Gargiulo, a cui non aveva risposto. Quando avevano un quarto d'ora di riposo, di libertà, le ballerine, nelle quinte, nei loro cameroni, dove si acconciavano, cavavano fuori subito le lettere dei corteggiatori. E alle tre meno venti, puntuale come un soldato, Carmela Minino avendo un po' freddo, sotto la sua mantellina di panno nero, guarnita da una falsa pelliccia nera, tenendo nascosto il pacchetto della sua cena, col suo passo cauto, leggiero, misurato, uscì dal portoncino del Vico Paradiso, per andare a San Carlo.

Erano otto, in quel grande camerone oblungo: tutte le otto ballerine della terza fila. Checchina Cozzolino, una dal volto gonfio, scialbo, dai piccoli occhi cinesi che eran tirati verso le tempie, nera di capelli: figliuola di una portinaia, corteggiata dal giovane medico del teatro, piena di presunzione, ma senza una lira, mai, da comprarsi un pacchetto di cipria; Rosina Musto, una zitellona di quarant'anni, alquanto brutta, sufficientemente goffa, ma allegra, vivace, che ballava benissimo e che aveva per amante un negoziante di coloniali, Sambrini, con bottega a via Baglivo Uries; Carlotta Musto, la sorella più giovane, almeno di dieci anni, maritata con un capo meccanico all'Arsenale, divisa da lui, che aveva un amante misterioso, geloso, di cui parlava in termini vaghi, senza precisare, temendo che glielo rubassero; Marietta Sanges, una biondona così alta che faceva sfigurare tutta la fila e sfigurava lei stessa, con quella enorme statura, con certi piedi e certe mani da carrettiere, amante di un notaio, che le dava generosamente centocinquanta lire al mese, su cui ella, prevedendo l'abbandono, faceva delle economie; Giuseppina Mastracchio, figliuola di un secondo ballerino di San Carlo, magra, piccola, sempre di cattivo umore, scontrosa, che aveva già fatto due figliuoli, di qua e di là, bestemmiando contro l'ignoto genitore, tentando dei ricatti coi suoi antichi amanti, non riuscendo che a strappar qualche diecina di lire, a furia di urli; Margherita De Santis, una creatura carina, fine, sottile, elegante, dalle labbra bianche di anemizzata, sempre malata, con le tasche sempre piene di pillole, di cartine con polverine, del resto, fortunata, perchè mantenuta da un ricco negoziante di cuoi, al ponte della Maddalena; e infine l'altra zitella, l'altra ballerina ancora onesta, come Carmela Minino, una ragazzona di diciotto anni, bianca, rossa, tonda, stupida, Filomena Scoppa, che voleva assolutamente maritarsi e bene, per non correre i rischi delle sue compagne con quegli amanti gelosi, noiosi, spesso avari, spesso volubili, che piantavano le donne da un giorno all'altro. Le prime sei, tutte più o meno bene provviste di amanti, affettavano un profondo disprezzo per Carmela Minino e per Filomena Scoppa, le due zitelle, zitelle perchè nessuno voleva sapere della prima, brutta e timida come era e nessuno voleva sposare la seconda, che aveva la rozza beltà del diavolo e niente altro, sporca e trascurata, del resto: mentre le due zitelle, le due oneste, erano armate di una superbia, silenziosa in Carmela Minino, chiacchierona e impertinente, in Filomena Scoppa. Tutte queste altre donne, vestendosi per il ballo *Excelsior*, facevano un chiasso enorme, soffocato dalle pareti di legno, nel loro camerone, mentre nelle altre camere si chiassava egualmente, fra risate, strilli, urli, cadute di sedie e tanti altri rumori di donne che si vestono in uno stretto spazio. Per lo più, le voci erano rudi, alcune velate da una ostinata raucedine, altre stridule e mal sonanti, tutte volgari: nel dialetto napoletano, accentuatissimo, che formava il fondo di quelle conversazioni, di quelle dispute, qualche accento lombardo o piemontese si frammischiava, di qualche ballerina venuta da Milano, da Torino. Delle bestemmie, delle parole oscene si mescolavano in quegli strilli di femmine affaccendate e nervose: mentre le più prudenti, le più bigotte, fingevano di scandalizzarsi a ogni parolaccia delle più sfacciate.

Lo stanzone era piuttosto un lungo corridoio, con l'impiantito di legno abbastanza sconnesso e dove, spesso, pigliavano delle storte i tacchetti di legno delle ballerine, che venivano da casa loro, correndo per l'ora tarda: mentre le scarpette di raso carnicino della danza, dalla soletta leggiera, sugherigna vi si rovinavano: ma, all'impresario che poteva ciò importare, quando le scarpette erano a conto delle ballerine? Le mura di quello stanzone erano appena imbiancate e qua e là mostravano delle macchie di umido, oscure, verdastre, come le traccie di una ignobile lebbra del muro: tre fiammelle di gas sporgevano da una lunghezza del muro e divampavano, riscaldando l'ambiente come una fornace: ma la loro luce piombava sopra un lungo tavolone di legno che formava una *toilette* comune alle otto ballerine e dove erano appoggiati degli specchi, delle catinelle, i vasetti del rossetto, le spazzole, i pettini, le forcinelle, un tavolone lungo quanto la parete dello stanzone e dinanzi al quale stavano le ballerine seminude, semivestite, dandosi il rosso, ungendosi le braccia di *cold-cream*, provandosi qualche fiore artificiale, qualche fibbia di *strassi* nei capelli, stringendosi il bustino sino alla mancanza del respiro, per fare la vita piccina. E tutto vi si faceva in una promiscuità bizzarra, fra le smorfie delle più modeste o delle più mal fatte, che si vergognavano di spogliarsi innanzi alle altre, fra le audacie di quelle che restavano in camicia, un'ora, non avendo punto freddo in quel forno, con quel gas, con tutti quei profumi più o meno violenti dei cosmetici. Delle sedie sgangherate su cui erano gittati i costumi *dell'Excelsior*, alla rinfusa: lungo il muro vuoto, degli appiccapanni a cui erano sospesi i vestiti di città delle ballerine, per lo più assai poveri, alcune perchè non volevano sciupare la loro buona roba in quella stanzaccia, altre perchè non avevano nulla di decente per vestirsi, tormentate dalla misera paga, dal peso di famiglia, dagli amanti che non davano loro un soldo. Fra le otto ballerine della terza fila, solo Carlotta Musto e Marietta Sanges, che avevano degli amanti serii e relativamente generosi, avevano delle sottanine di seta e dei busti di colore: le altre sei avevano deposta della biancheria grossolana, delle calzette di cotone, dei busti da tre lire e cinquanta. Filomena Scoppa, già famosa per la sua onestà e per la sua sudiceria, aveva una sottana tutta infangata sospesa al chiodo e, per terra, delle calze, che facevano schifo:

— Ma tu, ti lavi la faccia? — le gridava Checchina Cozzolino, tutta nauseata di quel suo viso gonfio e biancastro, simile a una vescica.

— Pensa alle tue sudicerie! — le rispondeva insolentemente Filomena Scoppa.

Erano tutte più o meno nervose, più o meno furiose, in quella giornata di carnevale, quando tutti si divertivano, o, almeno, tutti si riposavano ed esse erano costrette a ballare due volte, di giorno e di sera, non mangiando che un boccone, disperatamente, fra le due rappresentazioni o restando digiune sino alla una dopo mezzanotte, avendo dovuto lasciare gli amanti, la casa per venire a saltellare in cadenza: quelle rappresentazioni di giorno, fatte per i ragazzi condotti dalle loro bambinaie, fatte per le famiglie della piccola borghesia, per un pubblico odioso, che esse odiavano. Meno male, la sera, coi loro corteggiatori in poltrona, con tutti quei gentiluomini più o meno ricchi che ognuna di loro sperava di conquistare, di strappare alle ballerine fortunate delle prime file, di strappare alle duchesse, alle contesse, alle marchese della grande società: meno male! Varie, intanto, dalle prime file mancavano, erano restate a casa, facendosi multare, infischiandosene dell'impresa, sostenute da innamorati ricchi e superbi: l'*Excelsior*, di giorno, sarebbe stato irriconoscibile.

— Concetta Giura non vi è, — disse Carlotta Musto, rispondendo a una domanda di sua sorella Rosina. — Beata lei, che può farlo.

— E tu non potresti farlo? Che te ne importa di ballare?

— Me ne importa... me ne importa, — rispose, con aria di segretezza, Rosina, che non voleva mai narrare i fatti suoi.

— Intanto quella è a Sorrento col duca di Sanframondi... non ritorneranno che stassera.

— Ci spende molto, Sanframondi?

— Molto: ma non come una volta, — replicò Carlotta che era sempre la meglio informata.

Due o tre di esse sospirarono: Checchina Cozzolino, che non aveva mai due soldi in tasca, mormorò:

— Malann'aggia la mia brutta sorte!

Si bussò violentemente alla porta del camerone: era ora di uscire in scena, pel primo quadro. Vi fu un clamore, nessuna era pronta, tutte si affannavano, scappavano una dietro le altre, verso il palcoscenico, sollevando un'acre polvere, raggiustando le spalline del bustino con quel moto familiare delle ballerine, dandosi dei colpetti sulle gonnelline di velo troppo sbuffanti, assicurandosi le forcinelle nei capelli. Carmela Minino era stata una delle prime: taciturna, con la sua aria apatica, ella era sempre pronta, sempre al suo posto.

Rientrarono tutte, in gran fretta, per cambiarsi di vestito: quel dannato *Excelsior* porta sei cambiamenti di vestiti per tutto il corpo di ballo, una cosa da dannarsi: con la recita della sera, facevan dodici mutamenti! Avevano ballato assai male, trascuratamente, sapendo che tutto era buono, per il pubblico diurno, di festa, di carnevale. Ma il direttore del ballo, nelle quinte, le aveva strapazzate con ingiurie brutali, come faceva sempre, del resto, per ogni piccola cosa. Esse si lagnavano, strillavano:

— Che vita da cani!

— È una cosa da crepare!

— Quando finisce, quando?

— Vorrei andare a spazzare le vie e non fare la ballerina!

— Felice chi può non farla!

Carmela Minino taceva: ma il suo povero cuore soffocava i sospiri della tristezza, di una vana e vaga tristezza, in quel giorno festivo, in quel camerone ardente, fra quegli odori e quelle puzze, fra quei gridi, quelle voci roche, quelle parole talvolta laide, spesso oscene.

Ella sentiva, sì, profondamente l'umiltà, la miseria, la limitazione gretta, la mancanza d'avvenire migliore della sua professione: ne sentiva tutta la gaiezza apparente e tutta la malinconia interiore: ne sentiva tutta la immancabile corruzione in cui la virtù, l'onore, il decoro, il pudore dovevano, un giorno più vicino o più lontano, necessariamente naufragare: ma non vedeva via di scampo; che altro avrebbe ella mai fatto, se non ballonzolare, in una delle ultime file della grande danza, vestita da giapponese, da almea, da paggio? Che altro sapeva ella mai fare, se non questa sola cosa e neanche benissimo, ma tanto da averne il pane e il tetto? Tutte sognavano o un gran matrimonio o un terno al lotto o più praticamente un amante dovizioso e largo: ma ella, Carmela Minino, nulla di nulla.

— Neppure Emilia Tromba vi è! — esclamò Margherita de Santis, la sottilissima, sempre malata, che pareva sempre dovesse spezzarsi in due.

— È a Sorrento, anche lei, con Concetta Giura, — rispose subito Carlotta Musto, che era la cronista meglio informata.

— Con Ferdinando Terzi, naturalmente, — mormorò Marietta Sanges, la biondona enorme, che odiava il suo mantenitore, un notaio sessantenne.

Le palpebre di Carmela Minino batterono due o tre volte, vivamente: le mani che allacciavano il giubbetto di fattorino telegrafico, del quadro dell'Ufficio telegrafico, tremarono e si fecero molli.

— Che ti pare! — proruppe Checchina Cozzolino, la poverissima, la invidiosissima. — Quello non la lascia mai; Emilia se lo mangia vivo.

— Perchè lui vuol farsi mangiare, — soggiunse Carlotta Musto, che aveva una vecchia esperienza di uomini e a cui tutte chiedevano consiglio — ma non le vuol bene.

— Ci spende l'osso del collo!

— Ma non le vuol bene, vi dico. Vuol bene a una signora, maritata... con un marito geloso... un guaio...

Carmela Minino si sedette un momento. Tutte queste cose ella le sapeva: le aveva intese dire, varie volte, sul palcoscenico: le aveva udite sempre avidamente, ricevendone sempre una grande emozione. Ma, ora, esse erano dette più spesso, con insistenza.

— Con questo marito geloso, Ferdinando Terzi può anche avere qualche disgrazia... — soggiunse Carlotta Musto assicurandosi il berretto da fattorino sui capelli e pigliando il telegramma che doveva tenere in mano.

— Ed Emilia Tromba resta sul lastrico, — gridò trionfalmente Checchina Cozzolino.

— Dio sia lodato! — strillarono due o tre altre.

Non avevano bussato, per andare in scena? Così parve a Carmela Minino che aprì la porta del camerone ed uscì: affogava, si sentiva svenire in quel caldo. Non avevano picchiato: si era ingannata. Respirò un po' meglio, sola, appoggiata a uno stipite, stringendo al petto il suo falso dispaccio, come se fosse una lettera amorosa. Del resto, bisognava correre di nuovo, dopo due o tre minuti, per ballare un grande galoppo furioso, insieme alla prima ballerina, Antonietta Bella, che aveva una stella elettrica nei capelli neri e che faceva sprigionare delle scintille elettriche dalla sua cintura: ma le gambe di Carmela Minino sempre poco svelte, in quel galoppo furono così deboli! Per poco, spinta dalla Mastracchio frettolosa, non cadde contro una quinta: si graffiò una mano, contro un chiodo.

Erano le otto. Lo spettacolo diurno era terminato dieci minuti prima e nella sala la illuminazione era abbassata. Sul palcoscenico, un po' fiaccamente, lavoravano i macchinisti per preparare la prima scena del *Lohengrin*, il gran campo sulle rive della Schelda, dove viene a render giustizia Enrico l'Uccellatore. Fra le quinte, nei corridoi, su per le scale che conducevano ai cameroni delle coriste, dei coristi, delle comparse, era un andare e venire, un salire e scendere, affrettatamente per quelli che scappavano a godere un'ora di libertà, pian piano per quelli che restavano in teatro, quelli che abitavano lontano, che non avevano soldi per andare al caffè o alla cantina. Varie ballerine si erano rivestite in fretta ed erano fuggite da quella porta a sinistra, innanzi alla quale tanti uomini hanno atteso, da che San Carlo è stato costruito e delle donne vi hanno cantato e ballato. Altre erano restate in teatro, avendo accomodato diversamente la loro giornata, non valendo la pena di uscire dal teatro, per così poco tempo: e passeggiavano, chiacchierando fra loro. Alcune altre si eran gittate sopra una sedia, come estenuate e guardavano il soffitto altissimo, fra le quinte, come aspettandone Dio sa che cosa: alcune mangiavano.

Le due sorelle Musto si erano fatte portare un po' di pranzo dalla casa: della lasagna con sugo di carne, il piatto carnevalesco, imbottita di ricotta, di salsiccia, di formaggio, e delle fette di polpettone nuotanti nella salsa rosso-brunastra del *ragù:* mangiavano in un cantuccio del loro camerone, sovra un angolo della tavolata che serviva da *toilette* alle otto ballerine, fra i vasetti del rossetto, le catinelle piene di acqua sporca, e le forcinelle unte, e i batuffoletti dei capelli di quelle che si erano pettinate in teatro, dal parrucchiere Furlai. Esse mangiavano lentamente, in silenzio, il il loro grasso pranzo napoletano; avevano invitata Checchina Cozzolino, che non aveva portato nulla, seco, a cui nessuno aveva portato niente e che, per superbia, per nascondere la sua orribile povertà, aveva dichiarato seccamente di non aver fame; avevano invitata Filomena Scoppa, ma ella aveva rinunziato ridendo, ed era discesa in istrada, da un piccolo trattore del Vico Rotto San Carlo, dove aveva comperato tre soldi di alici fritte e due soldi di pane. Ora, aperta la carta unta delle alici, sulle ginocchia, la sudiciona che era, le mangiava con le mani tutte lucide di olio, gittando le spine per terra. Le sorelle Musto, molto gentilmente, avevano invitato Carmela Minino che anche era restata, ad assaggiare almeno una lasagna: la madre delle Musto era famosa per questo piatto e lei non doveva dire di no! Pure Carmela Minino disse no, sempre cortesemente, sostenendo che aveva lo stomaco chiuso: un'altra volta, sì, ma quella sera, proprio, non poteva accettare quella gentilezza. Anzi, per evitare le insistenze delle due sorelle Musto, ella uscì, a passeggiare un poco, sola nella penombra di quella viottola che divide i cameroni e i camerini, a diritta e a sinistra. Vi restò un poco: quando rientrò, le due sorelle finivano di mangiare il largo piatto di lasagne e si servivano due fette di polpettone, della carne pesta infarcita di mollica di pane, di uova dure, di pinoli, di uva passa. Cautamente, da dietro il suo cappello, ella prese il pacchetto dove il pane e la carne erano pulitamente avvolti in un giornale, insieme ad una mela rossa, e senza schiuderlo, andò via, novellamente, a mangiucchiare lontano, verso la porta che conduceva al palcoscenico per timidità, per segreta fierezza, non aveva accettato l'invito delle Musto, anche perché non poteva mai render loro una simile amabilità, ma qualche cosa, per non basire di fame, sin dopo mezzanotte, ella doveva pur mangiare. Passavano delle coriste, delle comparse, dei facchini, di scena, sogguardandola con quella famigliarità del lavoro comune, del destino comune, con quella impertinenza che danno il palcoscenico e le quinte: ella abbassava gli occhi e si fermava dal masticare, vergognandosi. Divorò a grossi bocconi la mela, non sapendo ove gittarne il cuore, senza che niuno la vedesse: circolava sempre gente. Risalì verso il fondo oscuro del palcoscenico, gittò anche il giornale, in un cantoncello. Ridiscese: aveva sete. Giusto, Maria Amen, una piemontese di prima fila, aveva chiesto al caffettiere del teatro un *Vermouth* con l'acqua di Seltz: il garzone se ne andava via, quando Carmela Minino gli chiese, per piacere, un bicchier d'acqua: egli si fermò e gliela versò. Gli diede un soldo: il garzone glielo restituì, galante dichiarando:

— Non si paga l'acqua.

Quanto era lunga, l'ora! Almeno, per l'ora e mezzo che dura *l'Excelsior,* quel vestirsi e svestirsi, quel correre sul palcoscenico, quei valtzer, quei galoppi, quel ritornare al camerone, la fretta continua, l'affanno invincibile sebbene monotono, occupavano il tempo: ma l'attesa, fra uno spettacolo e l'altro, ma l'attesa, durante lo spettacolo musicale, in quegli androni di legno, polverosi, la cui polvere non è mai vinta dall'acqua che vi si getta, sempre, la cui polvere attacca e dissecca la gola e le fauci, quegli stanzoni così caldi, pieni di pulci, esalanti ogni specie di profumo ed ogni specie di nauseante puzzo, l'attesa inutile, quel perdere il tempo così, gittavano Carmela Minino in un crescente ebetimento. Talvolta, aspettando, seduta in un cantuccio del teatro, ella aveva portato seco un lavoro all'uncinetto, delle stelline di cotone bianco che dovevano, unite, in un numero strabocchevole, formare una grande coperta, per letto a due posti. — Non aveva ella, qualche volta, vanamente sognato di maritarsi, con qualche umile, oscuro lavoratore? — e le sue dita si erano mosse alacremente, intorno a quella fatica di ragazze del popolo: ma ella aveva avuto le beffe delle amiche e delle compagne:

— Perché non porti addirittura la calzetta, a teatro? — le gridavano, sogghignando sulla sua miseria onesta, sulle sue occupazioni di popolana.

Aveva smesso. Altre volte, quando il suo spirito era più tranquillo, in quelle ore di aspettativa che la direzione del teatro le infliggeva quando la sua schietta anima non aveva turbamenti strani, ella mentalmente, tenendosi la mano nella tasca del suo vestito dove portava sempre il rosario, ne recitava le *Ave Maria, i Pater noster* e i *Gloria Patri:* anzi, ella recitava il rosario, doppio, quello di quindici decine, per cui si libera un'anima dal Purgatorio, pronunziando con molto fervore, sempre fra sè, i *misteri gloriosi* e i *misteri dolorosi,* a ogni decina. Ah, ora, no! Ella era profondamente distratta, da qualche tempo, e non ritrovava più la bella calma, la bella attenzione degli anni trascorsi: la preghiera le usciva monca, fredda dallo spirito, come un vacuo esercizio. Una profonda amarezza era in lei. Aveva gà ventiquattro anni; fra scuola di ballo, e ballo in teatro, stava già sulle scene da dodici anni, senza che mai nulla di bello, di dolce, di soddisfacente fosse venuto a consolare, prima, la sua adolescenza, poi, la sua giovinezza. Anzi, in quel periodo, due dolori l'avevano colpita: la morte di sua madre e la morte di Amina Boschetti. Certo, per una singolarità incomprensibile, ell'aveva sofferto assai più per la morte della sua protettrice, della sua fata, che per quella della madre; ma, infine, aveva perduto tutto quello che amava. Ventiquattro anni, di già, fra tre o quattro mesi: niente che accennasse a un miglioramento, a un sorriso della vita, a un riposo dell'anima e del corpo. Come, come si sentiva stanca, in alcuni momenti, che bisogno fisico di dormire molto, di mangiare un po' meglio, quietamente, senza strozzarsi, di vestirsi come una persona per bene, di aver caldo sotto una buona giacchetta, sotto una buona mantellina, che bisogno di vivere, di vivere umanamente, come una giovane donna che fa una professione d'arte e non come una serva dal grossolano lavoro! Queste idee di tentazione, questi desideri corruttori costantemente ella li respingeva: costantemente, essi ritornavano ad assalirla, ricondotti dall'età che era quella dei godimenti materiali, ricondotti dalle lunghe e ostinate privazioni, ricondotti, ogni giorno, ogni sera, dai contatti col teatro, con le altre ballerine, specie con le belle, graziose, fortunate delle prime file, che avevano dei banchieri, dei conti, dei marchesi che si rovinavano per loro. Come dire devotamente il rosario, in quell'ambiente di vizio oramai ingenito, costituzionale, su quel palcoscenico che era, ingenuamente e turpemente, un mercato di bellezza e di gioventù? Una volta, quando ella aveva diciotto, venti anni, con quel grande timor di Dio che le veniva dal suo cuore popolano, dalle chiese intorno alla Pignasecca che l'avevano assidua frequentatrice, dal suo confessore, don Giovanni Parascandolo, il rettore della chiesa dello Spirito Santo, un piissimo e rigoroso sacerdote, dall'ambiente del Vicolo Paradiso, in cui ella abitava da piccina, Carmela Minino poteva dire le orazioni del rosario, anche fra una recita e l'altra della *Norma* e del *Faust,* fra una riproduzione e l'altra del ballo la *Devadacy.* Una volta! Adesso, quando, macchinalmente, in quei giorni di gaudio carnevalesco, ella portava la mano in tasca per toccare i grani del suo rosario, quando le sue labbra aduggiate principiavano le consuete preghiere, non giungeva più ad immergersi in questa tenera e familiare occupazione dello spirito: subito, la sua fantasia si distraeva in pensieri completamente profani e le sue labbra sibilanti le parole sacre in una quasi mentale ripetizione, s'ammutolivano. Ella pensava a cose assai profane: alle lettere amorose di Roberto Gargiulo a cui non rispondeva, ma che leggeva con una certa compiacenza, come tutte le donne che sono sempre lusingate di ricevere un biglietto d'amore, anche da persone che non amano e che non vorrebbero mai amare: alle sottane di seta di Carlotta Musto e di Marietta Sanges sospese al chiodo del camerone e messe in mostra con ostentazione: al suo busto di traliccio bianco, comperato da Carsana a due lire e settantacinque e che tutto consunto, spezzato nelle balene dei fianchi, le faceva una vita enorme, non potendolo troppo stringere, perchè le balene spezzate le sarebbero entrate nella carne: a quel pranzo di Concetta Giura col duca di Sanframondi, di Emilia Tromba con Ferdinando Terzi di Torregrande, a quel pranzo di Sorrento dove, certo, i due gentiluomini avevano trattato le due ballerine con la loro signorilità e la loro generosità abituale, riempiendole di buoni cibi, di vini forestieri, di dolci, innanzi a una candida mensa, coperta di fiori, innanzi al mare sorrentino che Carmela Minino conosceva bene, essendovi andata un giorno, con un'altra ballerina, scritturata come lei allo *Stabia Hall* di Castellammare, in un giorno di estate, ma vi erano andate sole e avevano rosicchiato alcune gallette di Castellammare, che costano tre un soldo; ed anche ad Amina Boschetti, ella pensava, che era vissuta fra i più grandi splendori di lusso, che era stata imbalsamata come una regina e che aveva portato nella tomba di Poggioreale, intorno al suo bianco collo, una collana di grosse perle, a sette fili; un dono di Otto Schulte, il tedesco innamorato, un dono di cinquantamila lire.

Già, nelle quinte, si udiva il clangore delle trombe con cui gli araldi di Enrico, re di Germania, chiamano, dai quattro punti cardinali, i cavalieri che vogliono scendere in campo, per l'onore di Elsa di Brabante, accusata di maleficio dal traditore Telramondo. Carmela Minino si levò, con un sospiro, dal cantuccio dell'androne, ove si era seduta e si avvicinò alle quinte. Erano le nove di sera: la seconda edizione dell'*Excelsior* non sarebbe incominciata se non alle undici. Ella portava il suo vestitino di panno azzurro cupo, il migliore che possedeva, il primo che si era fatto, smesso il lutto di sua madre; al collo aveva una sciarpa di merletto crema con un grosso fiocco, su cui aveva fermato lo spillo d'oro, uno spillo formante due cuori legati da una catenella, un dono antico della Boschetti, gittatole in grembo, un giorno, molti anni prima, quando la divina danzatrice la incontrava nella sua anticamera e innanzi ai grandi occhi sgranati nell'ammirazione istupidita della bimba, la leggiadrissima donna sorrideva; dono conservato con cure specialissime, strofinato sempre con un vecchio guanto, per far uscire il lucido dell'oro e che all'immaginazione della povera corifea simboleggiava il legame per la vita e oltre la tomba, fra la Boschetti e lei. Le guance di Carmela Minino erano cariche di rossetto, quella sera; ella ne metteva sempre molto, perché era molto bruna, molto pallida, di carnagione opaca; anzi se ne era fatto prestare un poco da Margherita De Santis, la malatina che ne portava sempre molto, anche lei pallidissima, non per temperamento, ma per l'anemia che le divorava la vita. Appoggiata a una quinta, essendosi gittato sulle spalle il suo scialletto di lana bianca, lo scialletto caratteristico di tutte le ballerine napoletane, che esse lasciano sempre in teatro, in cui esse si avvolgono, nelle quinte, fra una danza e l'altra, sempre sudate, sempre scalmanate, per garentirsi dalle orribili correnti d'aria di quel palcoscenico. E, quasi senza udirle, le arrivavano all'orecchio le note wagneriane eccelse, con cui si annunzia il miracolo, l'arrivo inaspettato e stupefacente del Cigno, del Cigno che porta il cavaliere del San Graal, chiuso in un'armatura di argento luccicante.

Era così assorta, quando uno scoppio di risate la colse alle spalle: risate femminili forti e sguaiate. Dalla porticina che mena, dopo il gran corridoio di pietra, prima a larghi scaglioni, poi con un piano ascensivo, dalla porta di entrata, sino sul palcoscenico, erano giunte in teatro le due mancatrici della rappresentazione diurna, le due gitanti di Sorrento, Concetta Giura ed Emilia Tromba. Arrivavano, un po' ansanti, accaldate, con le guance rosse assai, con un balenio negli occhi e rispondevano, schiattando dalle risa, al direttore del palcoscenico, che erano state malate, tutto il giorno, col medico accanto al letto, poiché avevano uno spaventoso male... e ridevano, ridevano, come matte, stringendo dei fiori freschi sul petto.

— Sì, sì, lo so io il vostro male, care ragazze, — gridò il direttore. —. Ora vi applico io il rimedio! Un bel cataplasma vi voglio applicare, una multa di cinque lire, eh, per ciascuna!

— Ma noi avevamo il male di *ndì ndo!* — finse di piagnucolare Concetta Giura.

— Cinque lire di multa, belle figliuole, cinque lire! — gridò ancora lui, che si seccava di essere burlato da loro.

— Io le do in elemosina cinque lire, — disse Emilia Tromba, annusando i suoi fiori.

Il direttore crollò le spalle, allontanandosi, per non dire delle ingiurie più forti alle due insolenti. Concetta ed Emilia scoppiarono di nuovo a ridere, con quel clamore bestiale del riso muliebre sforzato e laido. Concetta Giura era veramente una bella creatura, bianchissima, coi capelli color rame, alta e snella, ma pure rotonda in tutte le sue linee, con un paio di occhi grigio-acciaio, assai vivi, scintillanti; di giorno, certo le macchie di lentiggini onde era cosparso il volto si vedevano molto; le sue mani ed i suoi piedi non erano fini, malgrado che vi adoperasse cure quotidiane, ma che importa, ella era bella, giovane, freschissima! Vestiva quasi sempre di nero, molto riccamente, coperta di merletti e di *fais,* in estate, portando il velluto e il raso, d'inverno, volendo assolutamente avere un aspetto distinto, volendo imitare le grandi dame che incontrava nelle vie, di cui vedeva i profili nei palchi di San Carlo e specialmente la duchessa di Sanframondi, la moglie del suo amante, un angelo di virtù; quando taceva, talvolta, con la rossa bocca composta e chiusa sul volto bianco, con le palpebre socchiuse nell'atto della indifferenza, arrivava, quasi quasi, per un momento, ad aver l'aria per bene. Ma se apriva la bocca, la sua voce gutturale, canagliesca, le sue inflessioni e le sue parole in dialetto napoletano, non nel dialetto pretenzioso borghese mescolato di storpiate frasi Italiane ma il dialetto del trivio, le espressioni volgari e spesso francamente oscene, facevano fuggire ogni illusione. Eppure Sanframondi, dicevano, se ne era innamorato e l'amava appunto perché ella parlava così e diceva quelle cosacce. Quando il suo angelo di moglie lo aveva troppo seccato con la sua virtù, con la sua castità, con la sua rassegnazione serena di vittima cristiana, egli andava a trovare Concetta e la pregava di dirgli quattro buffonate, come sapeva dir lei, nel gergo più corrotto di Basso Porto. Ella fingeva di offendersi; protestava; pretendeva di esser chiamata Tina, diminutivo elegante di Concettina, e non Concetta; ma conoscendo che il solo segreto di seduzione, oltre la sua persona, sul duca di Sanframondi, era la sua canaglieria, si lasciava andare. Sanframondi si sganasciava dalle risa, l'abbracciava, la sbaciucchiava, felicissimo, obliando la duchessa, il duchino e la duchessina, le perdite al giuoco e i debiti di cui si copriva. Giusto quella sera, Concetta Giura aveva un sontuoso vestito di raso nero e un grande spillo al collo, un fermaglio a foggia di ferro di cavallo, tempestato di brillanti e zaffiri che, quella mattina, Sanframondi le aveva appuntato al collo, aiutandola a vestirsi. Emilia Tromba era un altro tipo, molto bianca, con capelli nerissimi e folti, con certi stupendi occhi neri tagliati a mandorla, con una bocca espressiva nel sorriso e con un gran naso adunco che le guastava il viso, ma di cui ella si teneva molto, dicendo che era un naso nobile; sua madre, la fruttivendola del Cavone, doveva aver peccato con un gran signore. Grassotta, non alta, aveva delle spalle e delle braccia magnifiche, non portava mai busto e lasciava a posta che nella danza, talvolta, si scomponessero i suoi capelli stupendi. Portava, quel giorno, un elegantissimo vestito di velluto grigio, guarnito di rara e ricca pelliccia *chinchilla;* vi aveva messo su un mantello identico, tutto foderato di pelliccia e aveva un gran cappello nero piumato ed era coperta di braccialetti, di anelli, di spilli, di spilloni, di fibbie, un mondo di gioielli. Però tutta questa roba le stava male addosso, come tutti i vestiti che ella portava, alla carlona, trascurata, coi merletti delle *balayeuses* lacerati; il suo bel vestito era macchiato di *champagne,* innanzi, ed ella aveva schiacciato un dolce, un cioccolatino sotto il suo gomito. Col cappello storto, odorando i fiori, la rozza, tumultuosa, screanzata amante del corretto, fine e taciturno Ferdinando Terzi, interpellò la povera Carmela Minino, che si stringeva addosso il suo scialletto di lana bianca, già lavato tre volte e che era gialliccio, oramai:

— A che ne stiamo, Minino?

— Finisce il primo atto dell'opera, donna Emilia, — mormorò l'altra, a occhi bassi.

— Siamo venute troppo presto, Concettì! — esclamò Emilia, — potevamo restare fuori ancora.

— Hai ragione Che peccato! Ce ne andiamo?

— Ma che! Con chi? Dove? Ferdinando e Luigi sono andati via! Non torneranno che a prenderci. Tu sei venuta, oggi, Minino? — chiese Emilia Tromba.

— Sissignora.

— E perché? Non potevi far festa? Far festa con qualcuno che ti volesse bene?

— Io non posso far festa: cinque lire di multa mi rovinerebbero, — rispose Carmela, che era diventata mortalmente pallida, sotto il suo rossetto.

— E chi ti vuol bene non le potrebbe pagare? — soggiunse Emilia, che amava perder tempo in quella, conversazione fra le quinte.

— Chi mi vuol bene, donna Emilia? Chi volete che mi voglia bene? — e un accento di dolore scoppiò nelle sue parole.

— Eh, qualcuno lo avrai! Proprio nessuno?

E tutta la poca vanità femminile che era in Carmela Minino, ebbe come una frustata.

— Qualcuno... forse... — sussurrò. — Vi sarebbe qualcuno...

— E deciditi, va, figliuola mia — esclamò maternamente la corruttrice. — Buttala via questa zitellanza! Che ti serve? Che ne fai? Per Gesù Cristo! A tempo e ora, ti penti dei peccati, e muori in santità, come farò io. Per il mondo? Il mondo si ride di te, perchè sei zitella. Se non ti decidi adesso, quando aspetti? Bella non sei, già è inutile dir bugie, tu lo sai; se non profitti di un poco di gioventù, nessuno ti vorrà più; quando è passato questo tempo...

Invano rattenute, delle grosse lacrime cominciarono a scorrere sulle guance di Carmela Minino, singulti le soffocavano la gola.

— E perchè piangi, adesso? Che ti è successo? — strillò Emilia Tromba.

— Niente... niente, — arrivò a balbettare Carmela, fra i singhiozzi.

— Prendi, prendi, per consolarti un poco. Me li ha dati, oggi, a Sorrento, Ferdinando Terzi, il mio innamorato.

Emilia Tromba aprì un sacchetto di dolci, mezzo vuoto, ne fece cadere sulla mano dei cioccolattini, ne diede un pugno a Carmela, dicendole:

— Mangia, mangia, e non pensare a guai.

Allontanandosi, verso il camerone, a capo basso Carmela Minino teneva preziosamente distesi sulla mano aperta, i cioccolattini che Ferdinando Terzi aveva donati alla sua amante Emilia Tromba, quel giorno a Sorrento, e che Emilia aveva dati a Carmela per pietà delle sue misteriose lacrime. Carmela non mangiò quei dolci. Trovò un pezzetto di carta e ve li ravvolse cautamente, per non romperli, per conservarli intatti. Ancora qualche lacrima le guastava il belletto.

Il ballo finì a mezzanotte e tre quarti. Le otto ballerine si rivestivano in silenzio, frettolose, vinte dalla noia, dalla stanchezza, dal sonno, annodandosi busti e sottane con certe mani rapide, coi volti bianchi di chi dorme di già. Uscivano di lì, ad una ad una, salutandosi brevemente, con un saluto secco; alcune, sollevando i colletti delle giacchette e delle mantelline, altre annodandosi delle sciarpe al collo, quasi tutte portando una borsetta dove tenevano i pochi gioielli d'oro, d'argento dorato, di cui si erano adornate. Attraversavano in silenzio i corridoi delle quinte. sogguardando appena il palcoscenico dove si aggiravano delle ombre di scenografi, di macchinisti, di facchini, urtandosi, nell'andar via, con tramagnini, con comparse del ballo che, tutti, si affrettavano alla porta, per correre a casa. Carmela Minino usciva anche lei, affranta, con le gambe spezzate da quelle tredici ore di permanenza in teatro, crucciata dall'idea del cammino che doveva fare a piedi, sola, nella notte d'inverno, per giungere sino alla Pignasecca e quasi quasi, rallentava il passo. Nell'androne, dove vagolava la luce di un solo becco a gas, fra tutti quelli che escivano, vide, ferme in un cantone, presso al muro, Emilia Tromba e Concetta Giura. Avevano dato uno sguardo di fuori e avevano visto, le due, che i loro amanti non erano giunti ancora. Sanframondi non doveva accompagnare a casa quella sua eterna moglie? Ferdinando Terzi non aveva altri doveri di società, un altro legame amoroso con una dama, cosa di cui Emilia Tromba, per prudenza, non parlava mai? Le due ballerine aspettavano, anch'esse un po' stanche. Carmela Minino si trattenne un poco, anche lei, a chiacchierare con la Mastracchio che, essendo la figliuola di un ballerino, aspettava che suo padre fosse disceso per andarsene insieme a casa.

In questo, un rotolìo di carrozza si udì fuori la porta, e due gentiluomini ne discesero, chiusi nelle lunghe pellicce. Erano Sanframondi e Terzi. Il primo aveva l'aria annoiatissima il secondo conservava quel suo contegno glaciale, che veniva dal volto aristocraticamente affilato, dai baffi fini e biondi che covrivano una bocca fine e mai sorridente, simili a un cielo terso e freddo, senza sole. Subito, le due ballerine si misero a far gran rumore, protestando perchè avevano aspettato.

— Andiamo, andiamo, — mormorò Sanframondi, infastidito, col viso tutto storto, sotto la lente a un sol occhio.

Quella coppia partì per la prima, dopo aver salutata l'altra, parlando di un convegno per l'ultimo di carnevale. Emilia Tromba e Ferdinando Terzi si attardavano, Emilia verificava se nella sua borsetta vi fossero tutti i suoi gioielli, ne trovava uno mancante... Terzi, impassibile, fumava la sigaretta.

— Minino, avevo stasera il mio trifoglio di brillanti, sul petto? — strillò Emilia a Carmela Minino che, non sapeva neppur ella il perchè si tratteneva ancora là.

— No, non lo avevate, donna Emilia, — disse Carmela, avvicinandosi.

— Ah! Va bene, grazie, mi hai rassicurata. Questa è Carmela Minino, una compagna, Ferdinando.

Il conte di Torregrande si degnò appena di fissare uno sguardo fuggevole sulla ballerina che stava lì, tremante, muta, in una grande angoscia indefinita.

— Senti, Ferdinando. — disse Emilia Tromba, avvicinandosi all'orecchio dell'amante, mormorandogli una cosa e sganasciandosi dalle risa.

Carmela Minino aveva udito perfettamente che Emilia Tromba gli aveva soggiunto, fra le risate scomposte: «è ancora zitella». E, distintamente, Ferdinando Terzi, guardandola un minuto secondo con quei suoi occhi taglienti, acuti, sprezzanti, disse:

— Che sciocca!

Carmela Minino sentì mancarsi la terra sotto i piedi. Emilia Tromba prese il braccio di Ferdinando Terzi, poichè ella affettava sempre, per posa, una grande familiarità col conte di Torregrande e uscì nel peristilio del teatro. Carmela Minino li seguì, a tre passi di distanza, e vide che Ferdinando Terzi, galantemente, con una galanteria altiera e taciturna, apriva lo sportello del suo *coupé* per farvi salire Emilia. Lo sportello si richiuse dolcemente, il cristallo si sollevò, il cavallo scalpitò in cadenza, con quel passo dei cavalli di sangue, il bell'equipaggio sparve, nella notte mentre una nebbia scendeva sugli occhi di Carmela Minino. Ferma, sulla porta, ella guardava la notte oscura, senza veder nulla.

— Donna Carmela, donna Carmela — le disse una voce maschile, innanzi alla porta.

Era Roberto Gargiulo che l'aveva attesa, colà, fra tanti altri amanti, innamorati, corteggiatori, che si affollavano innanzi a quell'uscio, famoso nella galanteria napoletana.

— Che volete… che volete, don Roberto?... — balbettò ella, senza fiato, senza forza, piena d'un dolore ignoto.

— Volevo una risposta... perchè non mi rispondete?

— Che vi debbo rispondere?... Buona notte, don Roberto, — disse, a voce fioca, Carmela Minino, cercando strapparsi di là.

— No, no, fatevi almeno accompagnare sino a casa... è così tardi... siete sola... non ho coraggio di lasciarvi andar sola, a quest'ora, — replicò Roberto Gargiulo, che pareva ed era commosso.

— Non istà bene… non istà proprio bene... — aggiunse, con un'ultima resistenza, Carmela Minino.

— Siete così stanca! Prendiamo una *carrozzella*, donna Carmela andiamo, via, in *carrozzella* si arriva presto vi lascio alla porta.

— Andiamo, — disse Carmela Minino, decisa.

III.

— Ti conduco a cena questa sera — le disse Roberto Gargiulo, quando furono giunti in piazza San Ferdinando.

Ella si fermò un minuto, interdetta. Segretamente, non amava quelle cene notturne, dopo la fatica del ballo, in qualche trattoria di Toledo, dove si trovavano i lumi abbassati e i camerieri sonnacchiosi, dove si incontravano altre ballerine, con gli amanti, altre donnette di genere equivoco con nottambuli ostinati, coppie formate da una lunga e già stanca consuetudine o formate dal caso, in una serata, destinate, queste ultime, a non vedersi più, forse a non ritrovarsi mai più. D'altronde più la gente la vedeva con Roberto Gargiulo, in quella relazione che egli ostentava con tanta ampiezza, più ella, assai intimamente, ne soffriva di un dolore sottile, penetrante, continuo: faceva la bocca da ridere, la sua fronte restava serena ma pativa mille trafitture interiori.

— Dove vuoi andare? — ella chiese, senza dimostrare per nulla la sua tristezza.

— Alla *Regina d'Italia* — rispose Roberto, mentre seguitavano il loro cammino a piedi, su per Toledo.

— Restiamo poco, è vero? — ripigliò lei, con accento affettuoso.

— Perchè? Hai sonno?

— ... Anche per te; non devi essere presto, domani, al magazzino?

— Dimentichi che domani è domenica, Lina?

— Ah sì! Hai ragione.

E sospirò. Quello che le piaceva, nel suo istinto sentimentale, era di andar a pranzo fuori Napoli, la domenica, in una di quelle piccole osterie di Posillipo, insieme a Roberto: innanzi a quel bel mare napoletano che ella vedeva così di rado, abitando in un quartiere interno e lontano, uscendo solo per andare alla prova, in teatro, o alla rappresentazione istessa. Piccole osterie piene di gente borghese e popolana, ignota a lei, essa ignota a loro: nessuno che la notasse, che la riconoscesse che mormorasse qualche cosa, vedendola passare. Assai meglio le osterie modeste, umili, delle colline napoletane, sul Vomero, sulla collina di Villanova, sul Campo di Marte, dove, addirittura, era un pranzar rustico, fra popolani. Ma Roberto Gargiulo non era un sentimentale ed era, sovra tutto, desideroso di compagnie eleganti, o quasi eleganti, desideroso di farsi vedere da coloro che *fanno la vita*, la notte, giusto per le trattorie di Toledo, dopo i teatri. Ora, con questa cena della sera, la gita dell'indomani sfumava. Gargiulo non aveva molti denari e Carmela Minino si doleva anche di quei pochi che egli spendeva. Per lui, erano molti e a lei sembravano moltissimi.

— Hai fame? — le domandò Roberto, con premura.

— Sì, sì, abbastanza — rispose lei, per non essere sgarbata

— Ci vogliamo far fare un magnifico arrosto di *mozzarelle*, Lina alla *Regina d'Italia* lo cucinano splendidamente — soggiunse lui, con quel tono importante ed enfatico, con cui qualunque napoletano parla di culinaria.

— Già, è vero. Vi sarà la *mozzarella?*

— Vi è sempre. È una specialità. Ieri sera, quando ti lasciai, vi salii un momento, per vedere se vi erano amici... don Gabriele Scognamiglio se ne faceva dare una seconda portata.

— Stava lì, eh?

— Sicuro. Con una donnetta, una francese. È un vecchio impenitente.

— Ha denari... è scapolo... allora... — cercò di spiegare lei, nella sua indulgenza.

— Ti ha sempre fatto un po' la corte, non è vero? — disse, ridendo, Roberto Gargiulo.

— Oh — esclamò lei e arrossì sotto il belletto, — Come a tutte le altre...

— E tu non gli hai dato retta, come le altre

— No, no — rispose lei, in fretta. — Te lo giuro — soggiunse poi, guardandolo in viso, con una certa umiltà.

— Non giurare. Ti credo. Lo so che sei una buona ragazza. Se no, non ti vorrei bene —. concluse lui, fattosi un momento pensieroso.

Ella guardò in cielo, mentre continuavano a camminare, in silenzio, verso la trattoria. Una notte stellata di aprile, già tiepidissima: molta gente circolava per le vie, gli uomini con i soprabiti aperti, le donne, avendo allentato le loro giacchette, le loro mantelline, al collo. Erano le ultime sere di spettacolo, al San Carlo: la stagione si era prolungata molto, quell'anno, e il ballo *L'Avventura di carnevale* aveva preso il posto dell'*Excelsior*, dato in febbraio. Presto Carmela Minino avrebbe avuto del riposo. Ella lo desiderava e lo temeva, anche, questo riposo giacché se rappresentava una vita più tranquilla, era la cessazione di quelle tre lire e cinquanta al giorno. Si parlava di una grande stagione di ballo, al teatro estivo delle *Varietà*, per giugno, luglio, e agosto; qualche cosa avevano detto pure a lei, ma erano state parole in aria.

— Fa caldo, stanotte — disse Roberto, mentre arrivavano,

— Fa caldo — approvò lei.

La loro conversazione, persino nei momenti di amore, si manteneva su questo tono modesto e monotono. Roberto Gargiulo, dotato di quel grossolano e falso brio di certi meridionali, non ne faceva mostra che fra amici, al caffè, al teatro, nella vita di notte: con Carmela Minino egli ridiventava il borghese placido, dall'ingegno lento e torpido: tanto più che la ragazza, piena di buon senso, incapace di dire una cosa scorretta, non aveva nessuno spirito. Ciò, in fondo, faceva piacere a Roberto Gargiulo e lo seccava: privatamente, era contento che Carmela fosse una creatura semplice e buona, ma in pubblico, quando vi erano amici presenti, specie altre coppie di amanti, egli si annoiava che ella non facesse del chiasso, parlando forte, ridendo clamorosamente, dando del *tu* agli uomini, facendo saltare qualche bicchiere. Per lui, era, certo, un gran vanto e se ne ringalluzziva, di essere stato il primo amante di quella ragazza; avrebbe voluto, però, insegnarle il rumoroso gergo delle ballerine, delle *chanteuses,* delle altre donnette, quando sono in pubblico. Viceversa, Carmela Minino ammutoliva innanzi alle persone e si contentava di sorridere, cortesemente, dolcemente. Meno male che aveva un bel sorriso!

La trattoria della *Regina d'Italia* è oltre la metà di Toledo, verso su: è a un primo piano alto, abbastanza alto, quello che si chiama pomposamente primo piano *nobile,* qui ma l'entrata è da un portoncino, nel vicolo Speranzella, che sale verso i quartieri di Montecalvario, borghesissimi quartieri napoletani. È una trattoria di second'ordine, di molto second'ordine, quasi di terzo: essa è frequentata da studenti, quelli, però, che possono disporre di qualche lira, da impiegati, da viaggiatori di commercio, da provinciali di dimora breve o lunga, qui. Vi si paga una lira e cinquanta la colazione, due lire il pranzo: ma, per quel prezzo, dovuto alla concorrenza, vi si mangia bene, relativamente, con abbondanza, i signori studenti, impiegati, viaggiatori di commercio e provinciali essendo molto esigenti. La *Regina d'Italia,* dunque, è molto popolare e mentre altre trattorie allogate meglio, più nel centro della città, con gli stessi prezzi, languiscono e falliscono, essa mantiene la sua posizione, brillantemente. Giova molto alla sua popolarità l'essere aperta sino ad ora avanzata della notte, cosa che è rara, a Napoli: così che tutti i nottambuli, tutti quelli che hanno una ragazza da condurre a cena, tutti i *vitaiuoli,* giuocatori che hanno vuotato le loro scarselle, giornalisti e *reporters* dei giornali notturni, delegati di pubblica sicurezza e agenti segreti, affiliati eleganti della *mala vita, camorristi* di qualità più fine, in soprabito e guanti chiari, tutti, nella sera, nella notte, dànno una capatina alla *Regina d'Italia.* Spesso, a ora tarda, vi si trova anche qualche gentiluomo elegantissimo, con qualche compagna molto *chic:* forse è per desiderio d'incanagliarsi un poco; forse è per cambiare; forse è per un celato criterio di economia; o forse, perché i grandi *caffè,* i grandi *restaurants* sono già chiusi.

Carmela Minino e Roberto Gargiulo salirono per la scaletta di marmo, non assolutamente pulita, ma passabile, adorna di una striscia di tappeto, in cocco, che si era assai scolorita e sciupata,

sotto i piedi degli avventori. Sulla soglia, un grosso e alto uomo si presentò loro:

— Ostricaro Ostricaro! Volete ostriche?

— Vuoi una dozzina d'ostriche, Lina? — chiese, magnificamente, Roberto Gargiulo, con un fare da ricco *viveur.*

— No, no — diss'ella, subito, passando avanti.

— Quattro *fasolari,* signorina; una dozzina di *ancini...* — diceva ancora, monotonamente, l'ostricaro.

Nella prima stanzetta di entrata, che aveva una porta sulla cucina, erano esposte le vettovaglie, sovra una grande credenza di marmo bianco: delle costolette crude, in un piatto enorme; dei polli spiumati e già legati per essere arrostiti; in un grande piatto ovale dei pesci morti, crudi, una spinola, delle triglie, dei calamaretti. E, insieme, dei piatti contenenti un prosciutto cotto, roseo, tagliato a metà e delle salsicce da cuocersi, dei latticini, cioè *mozzarelle,* formaggi freschi e secchi, frutta fresche e secche: una torta alla romana, cui mancava la metà, faceva mostra di sè, carica di zucchero, gocciolante di crema. Tutta quella roba cruda e cotta doveva eccitare la fame: ma Carmela Minino abbassò gli occhi, passandovi innanzi.

— Hai visto, Linuccia? vi erano certe triglie grosse così, un amore. Ce le ordiniamo col pomodoro, eh?

— Costeranno... — osò dire lei.

— Questo non ti deve importare — replicò lui, subito, un po' sdegnato. — Questa sera si fa festa.

— E sì, sì, ordina pure — soggiunse presto, lei, che non voleva contraddirlo.

Le sale della *Regina d'Italia* sono come un budello, una dopo l'altra, quattro o cinque sino all'ultima, più grande, che sbuca su Toledo. Roberto Gargiulo lasciava andare avanti, per galanteria, la sua amante e la seguiva, col suo passo elastico di uomo abituato a quei posti, a quelle compagnie, a quelle cene: attraverso quelle sale, tutte stuccate di bianco, mobigliate di *reps* rosso, con certi divani, lungo il muro, innanzi ai quali erano collocate le tavole, divani lunghi e stretti, molto duri e, insieme, molto sfiancati per le migliaia di persone che vi si erano sedute da anni, con certi specchi dalle sbiadite cornici di oro, Gargiulo sogguardava, qua e là, se vi fossero altri *vitaiuoli*, sue conoscenze, se la gente lo guardasse e lo ammirasse, con la sua aria di finto gran signore, il suo panciotto bianco sotto il *thait*, la sua catena di oro, e la catenella di argento, dalla tasca del panciotto in quella dei pantaloni, per sostenere le chiavi e il lapis, ultima moda inglese. Nella prima sala, non vi era alcuno. Nella seconda, un solo tavolino occupato da un marito e una moglie certo, di provincia, che dovevano aver assistito a uno spettacolo teatrale; il marito aveva condotto la moglie colà, per darle un'idea delle ebbrezze cittadine; nella seconda, due tavolini, occupati da un giovanotto biondo e fine, venticinquenne, con una ragazza vestita vistosamente, la gonna di un colore, il busto di un altro, un fiocco di un terzo colore al collo, un cappello bizzarro, e le mani rosse e nude, una sartina, o una modista, certo, di quelle che si acconciano coi ritagli delle stoffe che rubacchiano alle clienti — l'altro tavolino da Rosina Musto, la zitellona quarantenne, brutta ma simpatica, goffa ma ballerina provetta, col suo antico e costante amatore, don Pasquale Sambrini, il negoziante di generi coloniali. Mentre Carmela passava, Rosina Musto le fece un cenno affettuoso di saluto.

— Sta sempre con Sambrini — mormorò Roberto Gargiulo.

— Si dice... si dice che siano sposati in chiesa — osservò Carmela Minino.

— Oh! — esclamò lui, diventato freddissimo.

Eran fermi, nel salone, l'ultimo, il più vasto, che formava angolo, avendo una finestra sul vicolo Speranzella e due balconi sulla via Toledo. Roberto non cenava che lì. Egli cercava. con gli occhi, quale tavola dovesse prescegliere. Si decise per una, situata giustamente nell'angolo, fra la finestra e il balcone. Mentre si sedevano, il cameriere rianimò i becchi del gas. Carmela, macchinalmente, si tolse la giacchetta di panno, a taglio maschile: apparve con un vestito di casimiro lilla, guarnito di velluto lilla alla cintura, al collo e alle maniche; un dono di Roberto, stoffa, guarnizione, fodera; ella avendone pagato solo la manifattura, giacché non accettava mai un soldo, in denaro, da lui. Anzi, quelle dodici lire di manifattura le erano pesate abbastanza ma non aveva detto nulla, poichè egli era stato così gentile e generoso!

— Perchè non hai messo il cappello nuovo? — chiese lui, che la esaminava attentamente.

— Si sciupa tutto, in quel teatro... ella rispose, vagamente.

— Qui non siamo in teatro — osservò l'amante.

— Non sapevo... non sapevo che saremmo venuti.

Ella era alquanto cambiata, nell'aspetto. Anzi tutto, un tempo, prima di uscire da teatro, ella si strofinava sempre il volto per toglierne le tracce del rossetto e dei *cold cream;* ora, per desiderio di Roberto, espresso più volte, ella si rifaceva il viso, prima di venir via, giacché egli odiava le facce pallide e opache come la sua; pure gli occhi erano sottolineati dal *kohl,* sebbene non ne avessero bisogno e le labbra erano vivificate dal lapis di carminio. A lui piaceva, perversamente, di mostrarsi con una giovane molto imbellettata, sempre tendendo a far prendere la povera, semplice, timida corifea di terza fila, per qualche donna di grande vita di piacere, carica di cosmetici: ed egli stesso le portava tutte quelle pomate, quegli unguenti, quelle polveri. Ella aveva un paio di guanti portabili, una catenina d'oro con la crocetta al collo, un paio di orecchini, falsi — ma ben imitati — di brillanti, alle orecchie. Tutto lui, le aveva dato, man mano, dispiacendosi di vederla con le mani nude, senza un ornamento al collo, senza orecchini: erano guanti di fondo di bottega, a una e cinquanta il paio, la crocetta con la catenina era di argento dorato, gli orecchini costavano quindici lire: ma egli se ne teneva, come se accompagnasse una donna coperta da mezzo milione di diamanti. E al lume del gas, Carmela Minino si mostrava sotto il suo nuovo aspetto: bizzarramente imbellettata, meno brutta, un po' più piacente, conservando di sincero solo i suoi ricchi capelli neri e un sorriso dolce, assai dolce; e mani, malgrado la glicerina, erano restate brunastre, magre, con le tracce delle fatiche materiali che ella compiva, da anni, in casa sua. Roberto l'aveva pregata di togliersi i guanti meno che poteva tanto più che non aveva potuto regalarle nessun anello.

Erano appena seduti, che entrò un'altra coppia, nel salone: era un giovane signore dell'aristocrazia napoletana, un transfuga e un degenerato, veramente, che aveva mangiato al giuoco e con le donne tutta la sua proprietà; egli aveva dato l'ultimo colpo alla sua fortuna con Lodoiska, una *chanteuse* che portava un nome russo, ma che era genovese; ora, senza un soldo, egli viveva sempre con Lodoiska, alle spalle di lei, anzi si annunziava, dappertutto, il loro matrimonio. I suoi parenti lontani, poiché Placido Massamormile non aveva parenti vicini, facevan di tutto, perché egli lasciasse Napoli, non potendo sopportare tanto obbrobrio. Placido Massamormile era piccolo, asciutto, molto ben fatto, bruno, con capelli e baffi nerissimi, una fisonomia orientale, ma senza mollezze di linee: Lodoiska era alta, bionda, formosa, rosea, con certi begli occhi celesti, ma di cui uno, disgraziatamente, era storto. Ella vestiva di rosso, con un gran cappello bianco, coperto di piume bianche, sulla testa, e aveva un paio di orecchini, almeno di duemila lire, alle orecchie. Roberto Gargiulo e Massamormile si salutarono; Roberto arrossì dal piacere, tanto teneva al saluto delle persone nobili, anche se fossero corrotte e perdute come Placido Massamormile.

Carmela e Roberto mangiavano in silenzio un piccolo antipasto banale, di sottaceti, burro e alici: Lodoiska, al solito, con voce bassa, sorda e roca, si disputava con Placido. Ella lo sopportava, adesso, anche povero in canna, anche squalificato, messo al bando da tutte le persone per bene, lo sopportava perchè Placido Massamormile era sempre una buona insegna per una donna come lei, perchè non aveva altri in vista, in quel momento, e perché, forse, lo amava un poco. Ma sì litigavano sempre, irritati ognuno dalla propria condizione, non sapendo come uscirne, Placido col suo fare beffardo e sprezzante, sprezzante anche di sè stesso, Lodoiska con la sua trivialità di *chan-teuse* grottesca, abituata alle smorfie, agli urli, ai salti. Si vedeva che Placido Massamormile, sotto quella bella maschera di arabo smarrito in Italia, sotto quell'aria ironica e superba, soffriva di quel contatto, di quei litigi, di quelle scene e lei ne godeva, invece più rotonda, più rosea che mai, col suo terribile occhio azzurro che guardava da una parte, mentre l'altr'occhio guardava dall'altra. Invero, Roberto Gargiulo invidiava Placido: che era mai quella piccola pecora taciturna di Carmela Minino, innanzi a quella *chanteuse che* possedea, dicevano, trecentomila lire non guadagnate col canto e che, forse, si sarebbe fatta sposare da un nobile? La meschinità, la grettezza della sua conquista amorosa, ogni tanto, umiliavano profondamente Roberto Gargiulo e gli facevano gittare degli sguardi indifferenti, talvolta astiosi, su Carmela Minino.

Comprendeva ella? Forse. Da che Lodoiska era entrata, ella aveva curvato il capo, teneva gli occhi abbassati sul piatto, faceva meccanicamente delle pallottole di mollica: giungendo, così, a irritare sempre più il suo amante che avrebbe voluto vederla tutta lieta, scintillante negli occhi, brillante nella voce e nella parola.

— Che hai? Che ti è successo? — le domandò, duramente

— Niente... niente — ella disse, levando gli occhi, un poco sgomenta

— Tu mi sembri un convoglio funebre — soggiunse lui, anche più annoiato dal vederle gli occhi pieni di lacrime. — Era meglio che ti avessi condotta a casa.

— Io... io non volevo venire, balbettò lei, soffocando un singulto che le rompeva il petto.

— Ci penserò bene, un'altra volta, — concluse lui, con secchezza, dandosi accuratamente a liberare la triglia dalle sue spine.

Tacquero. Per frenare le lacrime, le palpebre di Carmela batterono, due o tre volte: ella giunse a comporre il suo viso: finse di mangiare, disinvoltamente. Del resto, altra gente entrava. Era Carlo Altamura, un usuraio a giorni, a ore, che esercitava il suo ufficio strozzatorio nelle case da giuoco, dove faceva firmare delle cambiali di ventiquattr'ore ai giuocatori, facendo mettere firme false, facendo firmare delle implicite dichiarazioni di truffa, di furto, tendendo, infine, ogni tranello ai poveri giocatori disperati e appassionati: era Gaetano d'Amora, un grosso e grasso *reporter* di giornale notturno, una figura di monaco sfratato; era, infine, tutto solo, senza compagnia di donne, don Gabriele Scognamiglio, il galante, ricco e popolare farmacista di via Pignasecca. Questi tre erano giunti insieme: Altamura, perchè i suoi tetri lavori notturni erano compiuti, per quella notte:

Gaetano d'Amora, fra una gita e l'altra alla questura e al giornale e don Gabriele per abitudine, per vizio, non potendo andare a dormire senza cena, senza veder donnette a cenare, magari non con lui, preferendo reggere il moccolo alle coppie degli innamorati, anzi che non avere lo spettacolo dell'amore. Con la sua barbetta bianca bene tagliata e profumata, con le sue guance colorite e i suoi occhietti maliziosi, elegantemente vestito, col fiore all'occhiello, con due fulgidi anelli di brillanti alle dita, con un bastone dal manico d'argento cesellato, col suo passo ancora fermo malgrado i cinquantacinque anni molto suonati, egli godeva, nei teatri, nei caffè, nei ritrovi notturni, presso donne giovani e vecchie, attrici, ballerine, *chanteuses*, creature dallo stato civile impreciso una popolarità invincibile. Appena entrato, egli aveva salutato affettuosamente Roberto Gargiulo e Carmela Minimo, inviando loro quasi un cenno di benedizione. Poi, vi fu un cambio. Gaetano d'Amora aveva chiamato un minuto, in disparte, Roberto Gargiulo e man mano lo aveva condotto fuori il secondo balcone di Toledo, a parlottare cortesemente, don Gabriele Scognamiglio si era subito avvicinato a Carmela Minino, per non lasciarla sola.

— Oh, donna Carmelina nostra, voi diventate sempre più bella, — le disse a voce bassa con un sorriso sulle labbra.

— Sono belli gli occhi vostri, — rispose, con la frase consuetudinaria simbolica napoletana, Carmela.

— Oh, io son vecchio, son vecchio, donna Carmelina nessuno vuole più saperne di me.

— Non dite questo... non è vero, cavaliere.

— E voi, forse, mi volete? Non mi avete sempre detto no? E invece, come tutte le altre, avete preferito il giovanotto.

Egli sogguardava verso il balcone, cautamente, con finezza, parlando piano, con un amabile sorriso. Ella lo guardava, arrossendo, impallidendo, non avendo il coraggio d'interromperlo, poichè quel vecchio ricco, generoso, bene educato, dalle avventure fantastiche, le faceva soggezione.

— Che ci trovate, in quel giovanotto? Gli volete molto bene, proprio molto? — chiese don Gabriele, sempre più aggressivo.

— Oh! — esclamò lei senz'altro, turbatissima.

— Vi dà molto denaro, forse? E dove lo piglia?

— Niente danaro, niente — replicò lei, subito, con un moto d'ira e di fierezza.

— Non vi offendete, perdonatemi, donna Carmelina. Allora vi fa morir di fame? Per i suoi belli occhi? Qualche regaluccio, null'altro, ho capito. E voi ci rimettete anche qualche soldo. -

Ella tremava di sgomento, poichè tutto quello che don Gabriele diceva era crudele, ma vero, poichè le sembrava un delitto non difendere Roberto Gargiulo, poiché le pareva brutale che le si potesse parlare così, da quel peccatore che non si voleva pentire; tutto era vero e tutto era così doloroso, per lei, che ella si appoggiò alla sedia, come se mancasse.

— Non vi affliggete, donna Carmelina, non vi voglio vedere così triste, — soggiunse il farmacista. — Ma ve lo dico da vero amico, quale vi sono, perché vi ho conosciuta da bambina e perchè siete una brava ragazza...

Ella gli rivolse uno sguardo supplichevole. Don Gabriele ebbe l'aria di non notarlo e proseguì:

— Ve lo dico schietto: un giorno o l'altro, Roberto Gargiulo vi lascia. Forse, il giorno non è lontano...

— Forse, il giorno non è lontano... — ripeté lei, macchinalmente, come se ciò rispondesse a un suo intimo pensiero.

— E che fate, allora? Chi vi trovate? Chi chiamate, donna Carinelina?

— Chi trovo? Chi chiamo? — replicò lei, smarrita.

— Vi trovate il vostro vecchio amico Gabriele, che non ha ventotto anni, che non ha i baffetti in aria e la scrima all'imperatore, ma è una persona seria, donna Carmelina. Chiamate don Gabriele e don Gabriele vi risponde col saluto militare: *presente!*

E coronò con una bella risata il suo discorso, poichè Roberto Gargiulo si riavvicinava, con la sua aria d'importanza. Anzi, osservando che Carmela era scomposta nel viso, evidentemente commossa, don Gabriele si lanciò in un discorso, frammezzato da risate

— Caro, caro Gargiulo, giacché scortesemente avevate lasciata sola questa bella ragazza, io, da fedel cavaliere sono venuto a tenerle compagnia...

— E le avete fatto la corte? — disse briosamente Roberto, ricominciando a cenare.

— Già, gliela faccio sempre. Stasera più che mai.

— E con che risultato, cavaliere?

— A mia vergogna, lo confesso, con nessun risultato, — disse, sghignazzando, l'antico peccatore.

— Voi mi mortificate, cavaliere... — mormorò Carmela che era già rimessa dall'emozione, ma restava imbarazzata.

— Tenetevela cara, questa donnetta, Gargiulo: vi vuol bene: vi adora: è un mostro di fedeltà. Nulla ha potuto smuoverla. Io sono un vecchio birbante, ma lei è un angelo!

E malgrado il leggiero tono d'ironia che era in queste parole, malgrado la loro esagerazione, Roberto Gargiulo se ne ringalluzzì. Quando don Gabriele Scognamiglio si fu allontanato per andare a cenare, soddisfatto di quel che era riescito a dire a Carmela, Roberto le stese la mano sulla tavola e le toccò, con una carezza, la nano.

— Ti chiedo scusa se sono stato maleducato, poco fa.

— Non importa, non importa, — diss'ella, di nuovo molto commossa.

Quando salì le scale di casa sua, di quel quarto piano nel vicolo Paradiso, — sola sola, la ballerina abbassava il capo, ansando per una pena fisica e morale — e il fiato le sibilava fra i denti stretti. Sotto il portoncino di casa sua, come ogni volta che l'accompagnava, dopo cena, Roberto Gargiulo le aveva domandato di lasciarlo salir sopra, un poco, non per tutta la notte, per una mezz'ora. E lei, ostinatamente, aveva rifiutato. In casa, no! Da che si era data a Roberto Gargiulo e la gente, pur troppo lo aveva saputo, ella si vergognava immensamente dei suoi vicini, dalla fruttivendola rabbiosa che aggrottava le ciglia, vedendola passare, e faceva esclamazioni apertamente maligne alla carbonaia, che seguitando a sferruzzare sulla sua calzetta, crollava la testa malinconicamente, da don Santo il panettiere, che dava grandi colpi di coltello per tagliare i grossi *tortani* di pane, dicendo: *che siamo noi, che siamo mai, noi*, al giovane vinaio, figliuolo della Sangiovannara, che le aveva tolto il saluto. Persino Gaetanella la pettinatrice, adesso che ella si pettinava ogni giorno, veniva da lei a bocca stretta, con parole caute e sottolineate, con qualche allusione alle giovani che si rovinavano sul teatro e via; e, infine, il suo portinaio, quello di cui essa più aveva scorno, che la guardava con un certo sogghigno strano, ogni volta che ella usciva a ora insolita. In casa, no, mai! Si vergognava di tutto quello che vi era dentro, della Madonna sospesa a capo letto, delle reliquie di sant'Antonio di cui era tanto devota, di tutto quello che le rammentava la sua giovinezza ancora casta, ancora pura. Non esprimeva nulla di ciò, a Roberto per paura che si burlasse di lei: ma si ostinava a non volerlo in casa. La stanza era così miseramente arredata, malgrado le sue fatiche per tenerla pulita, che una fiamma le saliva al viso all'idea che il suo amante, così pretensioso sullo *chic*, volesse penetrarvi. Quella sera, anche, egli aveva insistito, presso lei, infastidito di doverla vedere, da solo a sola, in un alberghetto di terz'ordine, verso la ferrovia, una locanduccia detta *La bella Napoli*, come se ella fosse una donna maritata, con un marito geloso: infastidito, anche, senza volerlo dire, di dovere spendere qualche lira, per questo convegno, quando ella era sola in casa, e con cinquanta centesimi dati al portinaio, costui avrebbe taciuto.

— No, no, no; — aveva replicatamente risposto lei, con la cocciutaggine dei timidi, dei paurosi.

Quella sera istessa, Roberto Gargiulo le aveva offerto di farle cambiar casa, di affittarle una stanza mobiliata, in un'altra via, in un altro quartiere, dove nessuno la conoscesse; offerta già fattale altre volte, ma sempre vagamente, senza mai fissarne i termini. Ella aveva sempre rifiutato: e, in fondo, Roberto Gargiulo sarebbe stato bene mistificato, se ella avesse accettato. Una stanza mobiliata, almeno quaranta o cinquanta lire al mese; spesa insopportabile al bilancio dei giovane cassiere; e, insieme, tanti altri obblighi, una serva da pagare, il portinaio da compensare, e le padrone di casa corrompitrici e avide, e il vincolo con Carmela fatto più saldo, più forte da questo cambiamento di vita, da lui voluto. Così, per scimmiottare il gran signore, egli aveva pronunziato, due o tre volte, questa frase: felice di non essere preso in parola. Ella non aveva voluto, seria, con quel senso di economia rigorosa che le veniva dalla povertà, con quel senso di conservazione di tutte le creature semplici, che amano la loro vecchia strada, la loro brutta casa, i loro cattivi vicini. Pure, ogni volta che non lo lasciava salire in casa, Roberto Gargiulo andava via in collera. Sicuro di esser adorato da Carmela Minino sapendola obbediente a ogni suo cenno, certissimo di tenerla soggiogata sotto il fascino del suo amore, della sua generosità — non le faceva sempre dei regalucci? — questa ribellione lo indignava.

— Dunque, ti vergogni di quel che hai fatto? E perché lo hai fatto? — la investiva, arrivando alle ingiurie.

— Perchè... perché... — diceva lei, crollando il capo, misteriosamente.

Giunta innanzi alla sua porta e avendo aperto, senza togliersi nè il cappello, nè la giacchetta, all'oscuro, con la fioca luce che veniva dalla finestra, donde erano chiusi solo i vetri, ella si lasciò cadere sopra una sedia che aveva urtato col piede, e si nascose il viso fra le mani. Ella sapeva che, adesso, Roberto Gargiulo se ne tornava alla sua casa, sull'altura di San Potito: e che, dormitovi su, non avrebbe più pensato alla loro lite, piccola del resto. Ma essa, sola all'oscuro, si sentiva così miserabile, così perduta, così disperata, che si chiese, ad alta voce, come se vi fosse un'altra persona:

— Ma che ho? Che mi è accaduto?

Ah, pensando, pensando, in quella ombra, in quel silenzio, in quell'ora alta della notte, ella lo vedeva bene, quello che le era successo. Le era successo che aveva commesso il suo primo e il suo grande errore, quello che non si ripara mai più, quello per cui solo Dio, forse, può aver misericordia, commesso non per passione non per amore, non per vanità, non per interesse, ma perché era una creatura fiacca e senza volontà, incapace di resistere, incapace di reagire: aveva offeso il Signore e la Madonna, aveva addolorato la benedetta anima di sua madre che era, forse, in Purgatorio, si era perduta nell'opinione della gente onesta, non si poteva più confessare non si poteva più comunicare, così, così, senza una ragione forte, possente, che la scusasse, che le servisse di compenso. Ella era molto legata a Roberto Gargiulo per gratitudine delle gentilezze, della sua bontà, dei doni che le faceva, ella avrebbe fatto per lui ogni sacrificio, per mostrargli la propria riconoscenza, ma volergli bene, come si vuol bene a un amante, questo non lo sentiva.

— Perché l'ho fatto, dunque? Perché l'ho fatto?

Nella notte che si faceva più fredda, in quella stanza in cui aveva battuto i denti tutto l'inverno, sotto le sue grame coverte, ella rivolgeva a sè questa frase che, tante volte, nelle dispute, era proferita da Roberto: e niuna risposta ne veniva dai recessi oscuri della sua anima, dove, pure, qualche cosa di profondo viveva. E come se ne era pentita, subito dal primo momento, si pentiva quella notte, di ritorno da quella cena alla *Regina d'Italia*, quella cena che ella aveva inghiottita di traverso, fra quella gente curiosa notturna, con quelle pretensioni, quei malumori, quegli sgarbi di Roberto Gargiulo, con quel terribile discorso di don Gabriele Scognamiglio, il discorso in cui le si rivelava, limpidamente e crudamente, l'errore passato e l'errore futuro.

Forse che Roberto Gargiulo veramente era innamorato di lei? Non era ella brutta, malgrado la gioventù, malgrado i begli occhi neri e i bei capelli neri, e Gargiulo non era, forse, un bel giovane e aveva avuto delle altre amanti, almeno come diceva lui, centomila volte più belle di lei? Che ci poteva trovare in lei, Roberto Gargiulo? Per questo la obbligava a caricarsi le guance di belletto, e tingersi gli occhi e le labbra, a riempirsi di gioielli falsi, a lavarsi le mani con la pasta di mandorle, perché la doveva trovare rozza, comune, brutta, servile. L'amava Gargiulo? Ma che! ma che! Ella non era di quelle donne cui si vuol bene; la fortuna d'ispirare un grande amore, almeno un amore forte, non le era riserbata. Ciò era fatto per le prime ballerine, per le comprimarie, per quelle felici di prima fila, che sanno ballare bene, che hanno le gonnelline sempre fresche, bustini di raso sempre nuovi, le mani bianche della donna oziosa e qualche bel gioiello al collo: non era ella una infelice ballerina di terza fila, perduta fra le sorelle Musto e Marietta Sanges, fra Filomena Scoppa e Checchina Cozzolino, portando delle gonnelle appassite, dei calzari sdruciti e niente al collo? Gargiulo, amarla? Ma che!

— Perché l'ho fatto, dunque? Perché l'ho fatto?

Ella se ne pentiva amaramente. Le gioie fisiche dell'amore nulla avevano detto al suo temperamento abituato alla castità: ella le subiva senza mormorare, come una punizione del suo peccato: in certi giorni le davano una ripugnanza invincibile. Sentimentale, di quella piccola sentimentalità meridionale, ella avrebbe voluto che Roberto Gargiulo le scrivesse sempre delle lunghe lettere, come le prime, che le trascrivesse dei versi, da qualche libro, che le portasse dei fiori, che le dicesse tante dolci parole, che le facesse tante carezze, soavi e pure: e lui, invece, avendo preso una ballerina per amante, riteneva inutile, oramai, tutto questo che si fa con le signorine per bene, con la fidanzata, e assumeva un tono disinvolto, superiore, cinico, di persona rotta alla vita. Sì, le faceva dei doni: una quantità di cose che le mancavano, di cui aveva sentito molto la mancanza, poiché sono necessarie alla vita, gliele portava lui, col suo contegno bonario e largo di persona generosa. Ella aveva dei fazzoletti di falsa battista, delle calzette di mezza seta, una sottana di *surah*, comperata di seconda mano qualche gioielletto di poche lire, lo aveva. Le aveva dato il vestito lilla, per Pasqua, e gliene prometteva uno di setina, a righe bianche e nere, per l'estate. Egli spendeva, per le piccole cene, per le piccole colazioni, per le carrozze: forse, ella gli costava già quattro o cinquecento lire, in due mesi di relazione. Ma Carmela stessa, non era costretta, dalla sua relazione, a una quantità di cose che non avrebbe mai fatte? Non cucinava più da sè, per non rovinarsi le mani, come egli diceva: e aveva una servetta, cui dava otto lire il mese. Non aveva dovuto spendere in un paio di scarpini, in un busto nuovo, in quella giacchetta che un sarto le aveva fatto, a credito, pagando due lire la settimana? Ora, ai 15 maggio, quando ricorreva il compleanno di Roberto, ed ella lo sapeva, non doveva ella disobbligarsi, facendogli un dono, spendendo almeno una trentina di lire in un portasigarette d'argento? Egli era un giovine così innamorato dello *chic!* Ella si trovava singolarmente spostata, in finanze. Di solito, nei quattro mesi in cui San Carlo era aperto, con quelle centocinque lire mensili, ella faceva delle economie, le quali, in estate, insieme con qualche scrittura a Bari, a Caserta, a Reggio, dove le davano un paio di lire al giorno, l'aiutavano a vivere. Ora, da due mesi, non faceva più un soldo di economia: aveva speso tutto, per figurar bene, con Roberto: e aveva anche qualche debito, il che la faceva tremare di dispiacere.

Tutte le sue abitudini erano mutate: ella non dormiva più quanto le serviva per riposarsi, mangiava dei cibi che le facevano male, ad ore insolite, era tormentata sempre da una grande fretta.

Nei crepuscoli liberi, non andava più al vespero nella parrocchia dei Pellegrini; per la messa aveva cambiato chiesa, lasciando lo Spirito Santo per la Madonna delle Grazie, dove niuno la conosceva. Non indossava più lo scapolare della Vergine del Carmine, sua patrona, invocata in ogni momento di pena, di tristezza; si era tolto dai fianchi il cordone del Terz'Ordine di san Francesco, poichè non si credeva più degna nè dell'uno, nè dell'altro. Viveva in istato di peccato: in quella Pasqua di Risurrezione, non aveva potuto comunicarsi, Dio è misericordioso, Dio perdona, Dio assolve: ma bisogna uscire dal peccato, ed ella vi era dentro.

— Perchè l'ho fatto, dunque? Perchè l'ho fatto?

Se vi pensava, innanzi, nell'avvenire imminente, ella tremava di ribrezzo, di sgomento. Quanto poteva durare questa relazione con Roberto Gargiulo? Ella lo sentiva, non legato a lei, non preso con l'anima e coi sensi ma lusingato nell'amor proprio maschile per aver sedotto una giovane che si era mantenuta onesta, sino allora, malgrado la povertà e malgrado le insidie del palcoscenico; accarezzato nelle sue fantasticherie di piccolo impiegato di commercio, spostato nel voler fare la vita di piacere del signore; ma tutto contento, esteriormente, nella sua vanità meridionale di andar a teatro la sera, per sorridere ostentatamente all'amante ballerina, che, arrivando innanzi alla ribalta, ballando, con tutta la sua fila, ostentatamente lo saluta e gli sorride. Egli era gentile, ma non tenero egli era galante, ma non amoroso; egli era facile al dono, ma al dono che serviva a lui, che doveva farlo figurare come un uomo largo, spendereccio, spensierato, non al dono pratico, utile, dell'amante provvido e innamorato. D'altronde, spesso, Roberto Gargiulo aveva dei mutamenti di umore che Carmela Minino osservava subito e di cui non domandava conto, con fa sua timidità abituale, ma che la turbavano molto. Si mostrava pensieroso, preoccupato. Talvolta usciva in escandescenze, contro la umiltà della sua condizione, mentre egli era nato con istinti principeschi, con gusti d'uomo raffinato: parlava dei ricchi, specialmente del suo principale, che era già milionario, con dispetto, con rabbia. Spesso nominava la cifra di danaro che gli era passata per le mani come cassiere, con una intonazione bizzarra, che faceva rabbrividire di un'ignota paura la sua amante. Spesso taceva. Ella sapeva che nel magazzino inglese erano molto buoni, molto cortesi, non a parole soltanto, ma anche a fatti, con gli impiegati, pagandoli bene, compensandoli per il lavoro soverchio, dando loro delle belle gratificazioni quando le chiusure d'inventario erano brillanti, ma che, in cambio, domandavano intelligenza, zelo solerzia, integrità, correttezza, buoni costumi. Roberto Gargiulo le aveva nascosto che, nel passato, egli aveva avuto varii freddi richiami, circa la sua condotta privata, dal capo della casa; pure, qualche cosa di ciò Carmela Minino aveva intravvisto, da qualche frase sfuggitagli. Subito, Roberto Gargiulo, che prometteva di mutar vita, faceva due o tre mesi di astinenza, nel senso che andava poco a teatro, non si faceva vedere con donne, non frequentava le trattorie e i caffè notturni. Poi ricominciava. Adesso, da più di due mesi, egli si faceva vedere dappertutto con Carmela Minino, con un contegno di uomo superiore, di mondano lanciato nella esistenza più ardente dei piaceri, infischiantesi della casa inglese, del suo rigido capo. Pure, talvolta, aveva dei lunghi minuti di silenzio. Forse spendeva troppo, anche. Aveva qualche economia, ma doveva essere esaurita da un pezzo. Su che spendeva? Qualche giorno diventava avaro; non prendeva neppure una *carrozzella* per mezza corsa, per risparmiare i sette soldi, non entrava, con Carmela, in caffè, contentandosi di pagarle un bicchiere di acqua e sciroppo dall'acquafrescaio, spendendo un soldo. Aveva dei debiti, forse, di già. E ripensando a tutte queste cose, che notava ogni giorno, senza che neppure una le sfuggisse, sentendo che il suo errore pesava egualmente sulla vita di Roberto Gargiulo, come sulla sua, ella affannosamente si chiedeva:

— Perchè l'ho fatto? Perchè l'ho fatto?

E la ragione intima, profonda, segretissima, che era chiusa in un recesso oscuro della sua anima, ella non voleva dirla nè ad altri nè a sè stessa.

Uscendo dalla penombra del palcoscenico delle *Varietà,* dove, per due o tre ore, era stata chiusa per provare il grande ballo *Rolla,* Carmela Minino si fermò un poco nella via del Chiatamone, guardandosi intorno, con gli occhi un po' abbagliati dalla luce del pomeriggio di estate. Cercava Roberto Gargiulo che aveva promesso di venirla a prendere, verso le cinque, se poteva lasciare per un'oretta il magazzino, mettendovi il suo supplente. Non vi era.

«Non avrà potuto», ella pensò, mettendosi per la via Pace, volendo risalire verso casa sua. La via era lunga, ma ella era una leggiera camminatrice. Andava, tenendo rialzato il suo bel vestito di setina a righe bianche e nere, il vestito di estate che egli le aveva promesso e che, infatti, le aveva donato. E voleva che lo mettesse sempre, almeno ogni volta che vi era probabilità si vedessero insieme per la via. Quando fu in piazza Martiri, un fattorino di magazzino la fermò, toccandosi con la mano il berretto gallonato per salutarla. Portava scritto *Gutteridge,* sul berretto: ed ella lo conosceva, questo ragazzo di dodici anni, Roberto Gargiulo glielo aveva mandato varie volte, con qualche biglietto, con qualche ambasciata.

— Questa lettera per voi, signorina. Non vi è risposta.

Prima ancora che ella avesse aperto la busta, il fattorino era sparito. Ella si fermò sotto il giardino del palazzo Nunziante, i cui cancelli erano tutti carichi di una glicinia fiorita, a grappoli lilla fra il verde. Diceva, la lettera:

— «Cara Carmela mia. — Io non ho il coraggio di venirti a dire, a voce, quello che ti scrivo, perchè mi farebbe troppo male vederti soffrire. Debbo lasciar Napoli per qualche tempo. Alcuni miei nemici sono andati a riferire al signor Gutteridge il nostro amore e costui mi ha fatto delle severissime rimostranze, a tuo proposito. Ho dovuto dichiarare che ti avrei lasciata: se no mi licenziavano. Povera Carmela mia, tu piangerai, quando leggerai questa lettera; ma pensa, potevo io farmi mettere sul lastrico, dopo dodici anni di lavoro? Tu stessa non lo avresti voluto. Siccome hanno creduto poco alle mie dichiarazioni e alle mie promesse, poiché ho promesso altra volta e ho mancato — oh, io era nato per fare il gran signore — ho dovuto chiedere, io medesimo, di essere inviato, per quattro o cinque mesi, a Sarno, nella fabbrica di filati O. Neilly, che, come sai, sono soci del mio capo: e là starò in penitenza dei miei peccati così dolci! Sarno è molto vicino a Napoli, ma io debbo restarvi come carcerato, se voglio riacquistare la fiducia del mio *principale.* Quando riceverai questa lettera, io sarò già partito. Non piangere, Carmela! Abbiamo passato insieme delle belle ore, io non le dimenticherò: nè tu, credo. Io mi ricorderò sempre di te, come di una buona ragazza: disgraziatamente, il mondo è cattivo e io non potevo, senza rovinarmi, nè sposarti, nè continuare la relazione con te. In qualunque ora della tua vita, pensa che hai in me un amico sincero e comandami in quanto posso, io lo farò volentieri per colei che è stata la mia Carmela. Ti mando un bacio afflitto e mi raccomando alla tua memoria. — Roberto Gargiulo».

Non pianse, ella. Era nella via, in una via elegante e popolata che, in quell'ora pomeridiana, dopo la siesta, cominciava a riempirsi di gente. Ebbe bastante forza di camminare avanti, come se nulla fosse, stringendo nelle mani, la lettera aperta. Verso Chiaia, anzi, mentre risaliva lentamente il marciapiede di destra, ella rilesse attentamente quello che le aveva scritto il suo amante, lasciandola. Quelle frasi racimolate qua e là, dalla lettura dei romanzi dove Roberto Gargiulo attingeva tutta la sua rettorica amorosa, quelle vane e vaghe parole di rimpianto e non una sola parola di amore — nascondevano a mala pena l'egoismo freddo dell'uomo che, dopo aver goduto, scaccia da sè, irrimediabilmente, l'oggetto del suo godimento, quando gli sia diventato fastidioso e imbarazzante. Un tempo, a principio, tutte quelle belle parole che Roberto Gargiulo le scriveva, per deciderla ad amarlo, l'avevano assai lusingata, col compiacimento delle piccole anime sentimentali, appagate dal luccichio e dal calore di certe frasi. Poi man mano, ella aveva compreso tutta l'aridità che si celava sotto quella forma falsa di amore verboso, nelle parole e negli scritti; in questa ultima lettera, tutto il cinismo di un temperamento dato solo ai sensuali piaceri della vita, le completava la figura dell'uomo a cui aveva sacrificato la sua onestà. Neppure lo ricordava egli, così, con qualche dolcezza, questo sacrifizio che ella gli aveva fatto, l'ingrato! Mentre, metodicamente, ella se ne tornava, per Toledo, alla sua misera stanza del vicolo Paradiso — quanto aveva fatto bene, a non abbandonarla mai! — ella si sentiva non disperata, no, ma col sangue inondato di amarezza. Quel senso di umiltà muliebre che toccava il servilismo, da cui era affetto il suo cuore, le impediva di odiare Roberto Gargiulo per il tranello che le aveva teso, per le menzogne del suo amore, per il modo brutale e irrimediabile con cui l'abbandonava; ella non aveva nè ira, nè odio, contro lui che, infine, aveva fatto il suo giuoco, quello che tutti gli uomini fanno, per vedere se riesce: tutto sta, nella donna, a non entrare nel giuoco maschile! Vi è un detto popolare napoletano che si ripete a tutte le ragazze indifese, a tutte le giovanette pericolanti. A tutte le mogli giovani tentate dall'adulterio, un motto pieno di sapienza e di verità: *l'uomo è cacciatore.* Non farsi prendere a quella caccia, bisognava! Adesso, che avrebbe potuto pretendere lei? Quando aveva ceduto a Roberto Gargiulo, così, per una ragione arcana, ella non gli aveva messo nessun patto, egli non aveva dato nessuna promessa, nè di matrimonio, nè di vita comune, nè di relazione eterna, nè di relazione lunga. In collera, perchè? Che diritto aveva, di essere in collera, lei, disgraziata, prima e dopo, ma la cui sorgente di ogni disgrazia era in sè stessa, nella sua debolezza, nel suo isolamento, nell'ambiente in cui viveva, nei suoi ricordi d'infanzia, nella figura ideale di beltà e di piacere che era stata la sua madrina, Amina Boschetti, in sua madre che aveva una figliuola senz'essere mai stata maritata? Roberto Gargiulo aveva ragione, dunque Ella non era in collera, non era disperata, non spasimava di angoscia ma era piena di una tristezza mortale, con la bocca amara di quelli che hanno bevuto del metallo liquido. Le lagrime non uscivano dai suoi occhi aridi. Andava a casa, pallidissima, ma dall'aspetto composto. L'indomani, quell'altro giorno, più tardi, ella avrebbe dovuto sopportare i sogghigni e le beffe dei vicini, delle amiche di palcoscenico, di tutte le altre ballerine. Appena una di loro è abbandonata dall'amante, si sa subito: e anche le più buone ne gongolano, poiché esse stesse sono state e saranno abbandonate alla loro volta.

Ella entrò in via Pignasecca, più commossa del momento in cui aveva letta e riletta l'ultima crudele missiva di Roberto Gargiulo. L'avvicinarsi alla sua casa, a tutti coloro che la conoscevano, le dava un tormento interiore che le faceva abbassare il capo sul petto. Aveva così poca fierezza ella! In piazza della Pignasecca, sulla soglia della ricca ed elegante farmacia del *Caprio,* il cavaliere Gabriele Scognamiglio era sulla porta, mentre un suo commesso inaffiava la via innanzi a lui. Il cavaliere stava sempre, dalle cinque alle otto, in farmacia, geloso dei suoi interessi, in fondo, sapendo bene dividere le ore dello svago da quelle del lavoro.

— Oh donna Carmelina bella! — egli esclamò giocondamente, — donde venite?

— Dalla prova, cavaliere, — disse lei, fermandosi per cortesia.

— Va presto, il *Rolla,* alle *Varietà,* cara, carina?

— Va sabato prossimo; fra tre giorni.

— Verrò ad applaudirvi. Anzi, vi manderò dei fiori. Siete di prima fila alle *Varietà?*

— Sì, sono *guida di* prima fila, — mormorò ella, a occhi bassi.

— Caspita, che avanzamento

— Sono teatro di estate, le *Varietà:* le buone ballerine mancano e allora...

— No, non dite questo. Io verrò ad applaudirvi e vi manderò dei fiori. Non dirà nulla, Gargiulo?

—... no, — rispose ella, dopo un momento di esitazione.

Egli la guardò meglio: la squadrò, coi suoi occhietti vivi e maliziosi di uomo che capisce tutto, da una pausa, dalla velatura di una voce.

— Che avete, donna Carmelina? siete malata?

— No, grazie, sto benissimo, cavaliere,

— Roberto Gargiulo vi ha lasciata, — disse lui, crudamente.

— Come lo sapete? — balbettò la poveretta, guardandolo con occhi persi.

— Come se me lo avesse detto lui, Carmelina. Non poteva essere diversamente.

—... Già, — sussurrò lei, a voce fioca.

— Non vi disperate troppo, mia bella ragazza. Le lagrime guastano la faccia e rovinano lo stomaco.

— Io non ho pianto, cavaliere.

Egli la scrutò bene: e le chiese subito

— Dunque, non gli volevate bene?

— No, cavaliere, — rispose ella, voltandosi in là.

— Neppure lui, allora, ve ne voleva?

— Lui, niente, — ella replicò.

— E allora... perchè?

— Perché?... e chi lo sa?... non si sa, il perché. Buongiorno, cavaliere.

— Ve ne andate? Restate. Ricordate che vi dissi, alla *Regina d'Italia!* Il vostro don Gabriele è qui, per voi. Siete una cara ragazza, io vi voglio molto bene, mi piacete assai; sono contento, in fondo che vi siate liberata da quell'egoistaccio di Roberto.

— Buongiorno, buongiorno, cavaliere, diss'ella, volendosene andare, non sopportando di udire quelle parole, ascoltandole per gentilezza e soffrendone molto.

— Vi vengo a prendere questa sera. Andiamo a cena insieme? Non volete? Perché non volete? Sono un galantuomo, sono un signore; vedrete subito la differenza con quel commesso! Non volete, siete ancora triste, eh? Andate a chiudervi in casa, un poco? Bene, bene, aspetterò: don Gabriele è un uomo paziente. Cara ragazza, non perdete tutta questa fortuna, non capita ogni giorno!

E se ne rientrò in farmacia indispettito in fondo, ma sereno nell'aspetto. La sera della prima rappresentazione del *Rolla*, il bel teatro estivo delle *Varietà* era gremito di una folla quasi simile, nella composizione, a quella che frequenta, nell'inverno, il teatro San Carlo, poichè la gente elegante napoletana lascia Napoli solo alla metà di luglio: nelle prime file di poltrone erano i soliti frequentatori del Massimo, fra cui don Gabriele Scognamiglio, e la corte che egli faceva a Carmela Minino era così evidente, i suoi *brava, Carmela!...* così udibili da tutta la fila, i fiori, che le aveva mandato nelle quinte, così olezzanti, che la ballerina, ancora triste dell'abbandono di Roberto, si sentiva imbarazzata, confusa. Le compagne che l'avevano derisa per tre giorni, ora, la invidiavano, poichè, per quasi tutte loro, don Gabriele Scognamiglio rappresentava il tipo perfetto dell'amante di una ballerina, vecchio, ricco, donnaiuolo, generoso, occupato in molte ore della giornata, facile a ingannare: le sorelle Musto, scritturate anche esse, in prima fila, la tiravano in tutti gli angoli del palcoscenico, per dirle di non fare la imbecille, di non perdere quella magnifica occasione di fare quattro giorni di buona vita, di accumulare un po' di denaro, almeno, per i tempi cattivi. E don Gabriele non era, anche, un simpaticissimo uomo, ben vestito, profumato? Carmela, stordita confusa, crollava il capo, dicendo *no*, fiocamente, decisa a rifiutare, ma non sapendo farlo sgarbatamente. Così, solo per disimpegno, dichiarandoglielo, anzi, accettò di cenare, quella sera, con lui, al *restaurant Starita*, in Santa Lucia nova.

Il *restaurant Starita è* collocato sulla penisoletta tra terra e mare, che è attaccata al forte Ovo: penisoletta circondata dal mare, in un piccolo porto artificiale, dove si ancorano i piccoli *yacht*, piccoli *cutters e* le *yoles* dei due Circoli di canottieri, che sorgono dirimpetto. Colà sono delle case che furono fatte, in inizio, per albergare i marinai della vecchia strada di Santa Lucia, che è tutta in rifazione, da dieci anni; anzi, quelle poche case, a un piano, prendono il nome di Borgo Marinai. Ma, veramente, marinai non ce ne sono ancora, poichè essi abitano sempre Santa Lucia vecchia, immobile sotto la lentezza della sua trasformazione: e la modicità delle pigioni di quel borgo vi ha indotto delle piccole famiglie di infima borghesia, vi ha indotto dei pittori poveri, e quasi tutti coloro che sono impiegati, in estate, al grande stabilimento di bagni *Eldorado*, con relativo *café-chantant*. La banchina di terrapieno, colà, fa un gomito lungo, e sui due lati di questo gomito sono sorte tre o quattro trattorie, in piena aria, con le loro tavole imbandite sotto le tende, dietro alcune leggiere balaustre di legno dipinto, con lumi che si riflettono nel mare, che è a un paio di metri di distanza. Ivi, di estate, con la vicinanza dell'*Eldorado*, delle *Varietà*, vi sono sempre persone che pranzano, che cenano, prima dello spettacolo e dopo lo spettacolo: alle famiglie borghesi si mescolano delle coppie d'innamorati; delle *chanteuses*, delle ballerine, delle equilibriste, delle mime vi appaiono, in lieta compagnia. Due o tre di quelle trattorie sono più modeste, più volgari e vi va gente minuta: il *restaurant Starita* ne rappresentava l'aristocrazia. Si sta sul mare, al fresco, di sera: sotto le chiglie dei *yacht*, dei *cutters* ammassati si vede scintillare l'acqua bruna del piccolo porto, chiuso dalla scogliera; sulla via del Chiatamone brillano i lumi dei grandi alberghi *Royal* e *Vésuve*, passano equipaggi continuamente: alle spalle, il forte Ovo dirizza la sua singolar linea di castello tragico. Si mangiano delle zuppe di pesce, delle fritture di pesce, come al lontano Posillipo, che tutti trascurano, oramai, poiché ci voglion tre quarti d'ora per arrivarvi, e Santa Lucia nova è nel centro della città; si paga molto caro, ma è così bello, sul mare, nelle sere di estate, a un passo dal centro, sotto gli occhi di tutti gli uomini *chic*, scapoli specialmente, o mariti le cui mogli sono già partite per la villeggiatura, guardando tutte le bellezze vere o artifiziose che si agitano nel mondo del piacere, in estate, a Napoli!

In verità, quella sera, don Gabriele Scognamiglio ebbe un tatto squisito per non impaurire Carmela Minino. Gli bastava, infine, a lui, per cominciare, che la ragazza avesse accettato di venire a cena con lui, al *restaurant Starita*, in un posto dove tutti quanti li avrebbero visti non voleva altro, per allora. Egli non era innamorato di Carmela, giacchè, alla sua età, egli lo dichiarava, non si sentiva tanto stupido da innamorarsi di una donna qualsiasi, più giovane o meno giovane: forse, in tutta la sua vita, non era stato innamorato mai, sentendo nel suo egoismo, che un tale sentimento, in tutta la sua esplicazione e in tutta la sua forza, avrebbe turbato la sua linea di condotta, dedita solo alla gioia. La ragazza gli piaceva, da più tempo, malgrado che non fosse nè bella, nè aggraziata, nè elegante: era giovine, era *nuova*, diceva lui, non aveva tutte le perfidie e le perversità di chi ha già troppo precocemente vissuto, e ciò gli bastava, a don Gabriele Scognamiglio. Non era una grande conquista, tanto più che vi era stato un altro prima di lui: ma, a circa sessant'anni, il gaudente farmacista sapeva contentarsi, e quasi quasi era contento di poter succedere a Roberto Gargiulo, senza preoccupazioni senza rimorsi. Carmela Minino glielo aveva preferito: era troppo filosofo per seccarsi, quando le donne gli preferivano un giovane. E ora raccoglieva quella povera anima afflitta e abbandonata, la trattava con gentilezza, non le parlava d'amore, sapendo bene il modo come vanno prese le donne, esseri capricciosi, malati e incomprensibili: non incomprensibili a chi, da quarant'anni, non si occupava che di loro.

Le camminava accanto, per la via del Chiatamone, senza darle il braccio, cercando di farla ridere con le sue barzellette, raccontandole qualche aneddoto spiritoso, narrandole qualche avventura di viaggio. Don Gabriele Scognamiglio presiedeva ai suoi affari, in farmacia, per dieci mesi dell'anno: ma due mesi, in primavera o in autunno, li consacrava ai viaggi all'estero, dove vi era grande vita e belle donne, o donne, senz'altro, ma donne diverse, donne varie. Più spesso andava a Parigi, anzi, malgrado la sua professione, malgrado i contatti delle sue giornate di lavoro e delle sue notti napoletane, era un parlatore di francese perfetto. Nel discorso, quando furono nella viottola che porta al forte Ovo, egli disse:

— Carmelina, vi voglio portare a Parigi.

Ella abbozzò un assai smorto sorriso. Sapeva che don Gabriele le diceva quello per solo atto di galanteria: ed ella, per buona educazione, non lo interrompeva. Malgrado fosse tardi, il *restaurant Starita* era pieno: i suoi lumi piovevano luce su tavole dove cenavano i napoletani, a gruppi di tre, di quattro, di cinque, con un affaccendarsi di camerieri, che non bastavano alle richieste.

— Vi piace, qui, Carmelina?

— Sì, è bello, — ella disse, guardando la città, il mare ed il Vesuvio, macchinalmente.

Trovarono un tavolino piccolo, per due, accanto a una tavola imbandita per otto persone, coperta da piattini di antipasto, da trionfi di frutta e da due mazzi di fiori, ma vuota. Era fissata la grande tavola, per una cena, dalla mattina. I commensali sarebbero arrivati fra un quarto d'ora: e il cameriere, che don Gabriele interrogava, sempre curioso, ne nominò qualcuno.

— Il conte di Sanframondi, don Ferdinando Terzi, il conte Althan.

— Tutti amici, tutte conoscenze... — approvava il farmacista gaudente, felice di esser vicino a quella cena.

Carmela Minino lo guardò con certi occhi supplici e smarriti; ora provava un imperioso bisogno di andarsene: ma non aveva il coraggio di dirlo al suo compagno. Fuggire, dove? Che avrebbe pensato don Gabriele Scognamiglio? Che ella era una malcreata, una pazza. Come dirgli? Che cosa dirgli? E perché fuggire? Là o in altro posto, non era la medesima cosa? Trangugiando delle rade lagrime ardenti, che le erano salite agli occhi, ella restò al suo posto, sulle spine, rispondendo come meglio poteva a don Gabriele Scognamiglio, che le chiedeva che volesse da cena, tutta rigida nel suo vestitino di seta bianco e nero, il solo buono che possedesse, un po' terrea sotto un cappellino di velo celeste che la modista le aveva voluto fare assolutamente e che le stava abbastanza male. Così vicina, quell'altra tavola! E, infatti, dopo poco tempo, con un gran rumore di voci, di risate femminili, giunsero le quattro coppie, Emilia Tromba, Concetta Giura, la *chanteuse* spagnuola Mariquita che cantava e ballava all'Eldorado, la mima Alina Bell che agiva nel Ballo *Rolla* alle *Varietà*. Si sedettero, con gran fracasso di sedie, accanto ai quattro gentiluomini che le accompagnavano in silenzio. Carmela Minino non vedeva Concetta Giura ed Emilia Tromba dalla primavera, dalla fine della stagione di San Carlo: le due ballerine si davano il lusso di non ballare in estate. E malgrado si dicesse che Sanframondi non ne poteva più di Concetta, che Ferdinando Terzi tenesse Emilia Tromba solo per rimedio, oramai, ai sospetti di un marito geloso, i due continuavano a portare in giro le loro amanti, a pagar loro da cena. Ferdinando Terzi, nel sedersi, capitò dirimpetto a Carmela Minino. Nulla era mutato in lui: con una bottoniera di garofani bianchi allo *smoking,* egli era sempre il bel gentiluomo dai fini mustacchi biondi, rialzati mollemente sopra una bocca rossa e sensuale, che non sorrideva mai, dal profilo nobilissimo ma così rigorosamente aquilino che pareva tagliato col coltello, dagli occhi azzurro-pallidi, freddissimi, altieri, glaciali. Per un istante li fissò sovra Carmela.

Poi si curvò ad Emilia, facendole in due parole, una domanda. Carmela comprese subito che si informava di lei, di quel posto e di quella compagnia in cui ella si trovava: e comprese anche, che, ridendo, in poche parole, Emilia Tromba gli narrava la sua caduta. Carmela guardava, intensamente e dal modo sprezzante delle labbra di Ferdinando Terzi, ella intese, sentì magicamente le due parole:

— Che sciocca!

Carmela guardò, nell'ombra, la città, il mare, la montagna ardente, senza vederli e pensò che tutto, tutto era inutile.

Era la sera di Capodanno. A San Carlo, di giorno, si era dato il *Barbiere di Siviglia*, tutto cantato da seconde e da terze parti, senza ballo; di sera, si dava l'*Aida,* con canti di primo ordine, ed il leggiadro ballo *Coppelia,* un ballo breve, adatto a seguire una grossa e lunga opera come l'*Aida,* e fatto per mettere in mostra l'agilità e la forza di Maria Giurì: una prima ballerina magrissima, tutta occhi, che sembrava fusa in acciaio. Di questa *Coppelia* le ballerine, le corifee con relative famiglie, con relativi corteggiatori, innamorati e amanti, erano soddisfattissime: un vero balletto di mezzo carattere, come si dice in gergo danzante, con soli tre cangiamenti di vestito per la prima fila e due cangiamenti per le seconde e le terze file, poca fatica, poco tempo, e la paga correva egualmente. Però, subito, la Direzione del teatro aveva inventato qualche cosa per tormentarle: aveva preteso, e pretendeva, che una ventina di loro venissero in teatro, al principio dello spettacolo, per eseguire la danza sacra dell'Aida al secondo e al quarto atto, nel tempio di Ftha, mentre nella seconda parte dovevano apparire e danzare nel corteo che accompagna Radames vincitore. Per trovarle, queste venti ballerine, che si volessero sacrificare, ogni sera che si dava l'*Aida,* col ballo *Coppelia,* a venire in teatro alle sette e mezzo di sera, per danzare quattro o cinque volte, prima nei costumi egiziani di Aida, sotto i veli violetti che svolazzavano intorno alla persona, sotto *l'ibis* d'oro, il sacro uccello che ferma i capelli delle danzatrici sacre sulla fronte, poi nei costumi tedeschi delle Gretchen e delle Lottchen che si agitano intorno ai fantocci del dottor Coppelius, per trovare queste venti serve, queste venti schiave, come esse dicevano, ce n'era voluto! L'impresa aveva dovuto contentarsi, per formare quel piccolo corpo di ballo, delle ballerine di seconda e di terza fila, le più brutte, le più sgraziate, ma le più volenterose. Carmela Minino era fra queste, essa che non sapeva mai dire di no, quando si trattava di lavorare, di essere utile a qualche cosa.

In quella serata di Capodanno, malgrado che vi fosse un ricevimento ufficiale alla reggia di Napoli, dopo il pranzo di Corte, ed un ballo in casa Savignano, il teatro San Carlo era gremito di gente: le persone più *chic* vi erano venute prima di andare alla reggia, per restarvi un momento, o vi capitavano fra il ricevimento del Principe ereditario e la festa in casa Savignano. Le signore erano tutte in *toilettes* sfarzose, coperte di gioielli, anch'esse facendo la spola, fra la reggia, il teatro San Carlo e il ballo Savignano, dandosi dei convegni da un posto all'altro, accompagnandosi e riaccompagnandosi, fra loro, in carrozza; e serviva da fondo una larga folla che non andava alla reggia, nè da Savignano, perchè non invitata, perché non di quel ceto, ma che aveva, quella folla, gli uomini indossato la marsina sull'impeccabile camicia bianca, le donne messo fuori il più ricco vestito scollacciato che possedevano, fingendo, uomini e donne, di andare e venire, anch'essi, dal ricevimento di Corte, dall'antico e avito palazzo de' Savignano. Malgrado che il teatro fosse freddissimo, che molto male agissero i caloriferi, specialmente quando era sollevato il sipario, tanta era la gente, che le signore avevano le guance accaldate e agitavano lentamente i loro grandi ventagli di piume bianche.

Le ballerine, nei loro cameroni, si cingevano in fretta i corsaletti d'oro delle danzatrici sacre del tempio, per escire nelle danze intorno ad Amneris, l'appassionata e altiera figliuola dei Faraoni; malgrado il calore dei becchi di gas, tutti aperti, qualcuna di esse tremava dal freddo. Checchina Cozzolino, specialmente, che aveva un raffreddore orribile e non riesciva, con la polvere, col *cold cream,* col bianchetto a rendere meno rosso il suo naso rosso. Carmela Minino si aspergeva di cipria le braccia, macchinalmente, le sue braccia brune che quel riflesso d'oro del corsaletto e i riflessi violacei delle gonnelle rendevano terree, verdastre. Concetta Giura venne a bussare, chiedendo un po' di vasellina inglese, chi l'avesse, perché le mani le bruciavano dal freddo e la cipria le rendeva più aspre. Fuori fischiava la tramontana. Mentre Rosina Musto le porgeva la vasellina, in un vasetto, Concetta Giura gittò alle otto ballerine una notizia:

— Sapete? È stato ucciso un signore... un signore della nobiltà...

— Chi, chi, chi? — chiesero strillando di curiosità, quattro o cinque di loro.

— E da chi? Da chi? Da chi? — ritornarono a strillare, mentre già l'avvisatore le chiamava, bussando alla porta, fortemente.

— Non lo so... non lo so... — disse lei, scappandosene via. — Se so qualche cosa, vengo a dirvelo, — gridò dal corridoio.

— Come sapete, — dichiarò Rosina Musto, a bassa voce, ma in modo che tutte la udissero, — Sanframondi ha lasciato Concetta.

Quasi tutte lo sapevano, anche Carmela Minino. Ella non disse nulla, fingendo di acconciarsi i capelli sotto *l'ibis*. Era divenuta più chiusa, più tetra, molto distratta, assai disattenta a quel che faceva, da qualche tempo. Vestita da città o da ballo, quando doveva aspettare la chiamata, si metteva in un cantone, a occhi bassi, con una ciera distaccata, lontano da quanto accadesse intorno a lei. All'annunzio di Concetta non aveva posto mente; ma le parole le aveva udite. Mentre bussavano per la seconda volta, ella si domandava, così, chi mai poteva essere stato ucciso, in quella grande società, dove non si è uccisi se non in duello. Un duello, forse? Le ballerine rientrarono dopo aver eseguito il loro passo, intorno ad Amneris; adesso bisognava che aspettassero la seconda parte dell'atto, per seguire Radames, al suono della famosa marcia. Andavano e venivano, chiacchierando, rialzandosi le spalline dei corsaletti, con quell'atto costante delle ballerine, che pare sempre temano di restare col busto ignudo, qualcuna ritoccandosi il viso, raggiustandosi la pettinatura, soffiandosi sulle dita gelate da quella sera d'inverno, non osando sedersi, per timore di sciupar le loro leggiere gonnelle. Carmela Minino non faceva nulla, appoggiata allo stipite della porta, con le braccia prosciolte lungo la persona, con gli occhi fissi nel vuoto.

— A che pensi? alle pecore che hai in Puglia? — le chiese, ridendo, Filomena Scoppa, ripetendo un motto popolare, per indicare ironicamente la preoccupazione della ricchezza.

— Ho mal di capo, — riprese l'altra, a bassa voce.

— E sei venuta a ballare? Te ne stavi a casa.

— A casa mi annoio, — mormorò Carmela con voce languida.

— Neh! — esclamò l'altra ironicamente poichè da quando anche Carmela Minino aveva peccato ed ella, Filomena, era restata la sola zitella della fila, la disprezzava.

Concetta Giura, la biondissima, entrò correndo, un po' anelante.

— Ho sbagliato, ho sbagliato, mi hanno detto una cosa per un'altra. Non è stato ucciso, questo signore, questo gentiluomo... si è ucciso... si è suicidato.

— Ma chi è, ma chi è? — ritornarono a strillare quelle, circondando Concetta Giura.

— Non lo so. Non si sa, ancora. Dicono che è un giovane... che si è ucciso... ecco tutto.

— Per debiti?

— Per amore?

— Che amore e amore! Sarà per debiti!

— Non so nulla, — disse lei, aprendo le braccia. — Qualche altra notizia, si saprà.

Anche Carmela Minino si era messa nel cerchio che formavano le otto ballerine intorno a Concetta Giura, della prima fila. Forse per tutti quei gridi, ella sentì più forte il cerchio di piombo che le stringeva la testa. Non pronunziò verbo. Quei rumori, quelle chiacchiere, quei pettegolezzi le arrivavano come un ronzio fastidioso e vano. D'altronde bisognava andarsi a mettere in fila, per il corteo. Chi poteva essersi ucciso? Chi sa, poveretto, chi sa come e perché, pensava ella, così, senza fermarvisi su, tanto era il dolore di testa, la pesantezza di tutto il corpo e la ignota sua tristezza di quella sera. L'orchestra cominciava le prime battute della marcia. Concetta Giura, Carmela Minino, tutte le ballerine scapparono a prendere il loro posto. Nelle quinte tirava un venticello freddo da far rabbrividire. L'impresa le voleva, dunque, mandare tutte all'altro mondo, con la bronchite, con la polmonite, con la tisi? Alla ribalta almeno, si aveva più caldo. Mentre passavano, per file di quattro, nei loro veli bianchi, dietro ai soldati egizi, dietro ai prigionieri che Radames riconduce incatenati, girando due volte tutto il palcoscenico, Concetta Giura, che stava due file innanzi a Carmela Minino, si voltò e le disse;

— Guarda, Carmela, guarda nel palco dei nobili.

Quel palco dei nobili, che era, poi, quello del *Club Nazionale*, il palco di proscenio di prima fila a destra degli spettatori, dove ogni socio va a dare una capatina, nelle sere di spettacolo, a restarvi cinque minuti, per un convegno con un amico, a cercare, da dietro i suoi paralumi verdi, lo sguardo di qualche dama che è nella sala, questo palco, con quello degli ufficiali e quello della Commissione, è quello che attira sempre l'attenzione delle ballerine. Sul davanti, vi sono sempre due o tre gentiluomini, seminascosti dai paralumi; vi si chiacchiera, vi si ride, vi si lascia la pelliccia e il bastone, per andare a far visita in qualche palco. Anzi, da quel palco, quei gentiluomini dicono volentieri la paroletta, dicono qualche frase galante alle cantanti, alle mime, alle ballerine, quando vi si avvicinano: vi si fissano, passando, persino degli appuntamenti. Carmela vi guardò, suggestionata da Concetta Giura. Vi erano tre o quattro gentiluomini in piedi, un po' in fondo; parlottavano fra loro, vivacemente. Carmela riconobbe, di fronte, il duca di Sanframondi, alle spalle e al profilo, il conte Althan, ma non potette discernere le fisonomie e le persone degli altri due; poi, i quattro uscirono e il palco restò vuoto qualche tempo. Vi apparve, più tardi, Inigo Assante, un giovanotto magro e pallido, che rimase colà un pezzetto, voltando le spalle alla sala, ma non guardando neppure il palcoscenico, e poi se ne andò anche lui, frettolosamente, come se fosse stato chiamato. La sfilata e la danza finirono, le ballerine rientrarono nel camerone. Dovevano attendere l'ultimo atto, adesso per danzare un breve passo sacro e mortuario, sulla pietra funebre che si chiude sulla testa del traditore Radames.

E l'ora parve eterna a Carmela Minino. Adesso, nello stupore in cui la metteva il suo malessere, era sovraggiunta un'inquietudine nervosa, un bisogno di muoversi, di parlare, di agire. Aveva un desiderio grande di uscire dal camerone, di andare nel camerone della prima fila, per parlare con Concetta Giura. Voleva chiederle se, in uno dei due gentiluomini che voltavano le spalle alla scena, in fondo al palco del *Nazionale*, e che parlottavano vivamente col duca di Sanframondi e col conte Althan, ella, Concetta Giura, avesse riconosciuto il conte Ferdinando Terzi di Torregrande.

Ma si vergognò. Dicevano che Terzi avesse abbandonato dall'ottobre Emilia Tromba e che costei gli avesse già dato un successore nel marchese di Rivadebro, un vecchio *viveur* a cui la ricchezza, una terza ricchezza, dopo due altre che ne aveva divorate, era giunta troppo tardi. Uno dei due, certo, doveva essere Ferdinando Terzi, che andava sempre con Sanframondi e con Althan; forse discutevano fra loro di quel suicidio che colpiva tutta la loro classe e forse uno dei loro amici. Non osò, Carmela Minino, aspettando quell'ultimo atto dell'*Aida* che non veniva più, cercare di Concetta Giura per farle, anche indirettamente quella domanda, nè costei si vide più. Aveva promesso di venire a dare notizie, ma non doveva aver saputo altro, poiché, col suo gusto dei pettegolezzi, sarebbe corsa subito. Malgrado l'inquietezza sorda che le dava un tremolio interno, Carmela Minino non si mosse; quell'agitazione veniva, certo, dal suo mal di capo che ora si trasformava in trafitture nervose, nel cervello. Soffriva. Taceva, non dicendo mai ad alcuno le sue sofferenze fisiche e morali, timida anche fra le persone del suo sesso, fra le compagne di lavoro. Finalmente, questo tanto atteso ultimo atto dell'Aida venne. Le ballerine, macchinalmente, ricominciarono a muoversi, a riaggiustarsi un nastro al collo, a sollevare le loro gonnelle di velo, a stirare sulla persona i loro bustini di stoffa d'oro.

La scena nell'ultimo atto dell'Aida, per chi non lo rammenta, è divisa in due piani: nel primo, basso, è la cripta, è il sotterraneo ieratico, dove è seppellito, vivo, il traditore della patria, Radames: nel secondo piano, è il tempio di Ftha, coi sacerdoti, coi ieroduli che finiscono di murare la pietra sepolcrale, con le danzatrici sacre, che intessono intorno all'idolo, fra le colonne basse e tozze dell'architettura egiziana, le loro danze leggiere. Poi mentre Radames e Aida, che si sono ritrovati nell'oscura cripta, cantano il loro addio alla vita, alla terra, vedendo nel loro delirio di amore e di morte schiudersi il cielo, mentre ancora le ballerine scivolano lievi nei veli violetti, fra le arcate del tempio, Amneris appare velata di nero, piangente, si inginocchia sulla pietra sacra, la bacia, vi depone un fiore e vi resta ginocchioni a pregare. Le ballerine per fare quest'ultima piccola danza, sulla mistica musica che inneggia a Ftha, erano uscite metà da una quinta, metà dall'altra parte e poi si dovevano riunire, disciogliere novellamente, per poi formare quattro gruppi immobili.

Concetta Giura, con le altre nove, uscì dalla quinta a sinistra dello spettatore: Carmela Ninino dalla quinta a destra, danzando i due gruppi con pose molli orientali. Nell'ultimo, in cui Concetta e Carmela furono vicine, Concetta le disse con voce alterata:

— Non lo crederesti, non lo crederesti, chi è che si è ucciso

— Chi? — balbettò Carmela.

L'altra non giunse a rispondere, perché il ritorno del ballo le divise, per cinque o sei minuti: poi, come la musica diventava più incalzante e il ballo meglio le mescolava, Concetta Giura disse a Carmela Minino:

— Si è ucciso Ferdinando Terzi, con un colpo di rivoltella al cuore.

Carmela Minino, di botto, si fermò dal ballare. Vacillando, si arrestò verso il fondo, appoggiandosi a una di quelle colonne finte di legno e cartone; era confusa fra le comparse, vestite da sacerdoti di Ftha, in abiti talari di dubbia bianchezza, con certe lunghe barbe bianche, abbastanza ingiallite. Non vedendola ballare, addossata alla colonna, con una mano che si reggeva la fronte, una di quelle comparse le chiese:

— Che avete? Vi sentite male, signorina?

Ella guardò in faccia quell'uomo, senza rispondergli. Non lo aveva compreso, come non comprendeva più dove si trovasse, con quei gridi dei cantanti, con quel rumorio sordo dell'orchestra, con quella sala zeppa di spettatori estatici e che ella vedeva avvolti in una nebbia, con quegli uomini fermi, travestiti bizzarramente, fra cui ella era, con quelle donne vestite similmente a lei e che continuavano a ballare, voltandosi, ogni tanto, a darle un'occhiata indagatrice e, in fondo, indifferente. Le parve che qualche cosa la tenesse inchiodata, lì, contro quella colonna, qualche ritorta di ferro che ella non potesse giungere a spezzare: si sentì avvinghiata coi piedi calzati di seta a quel palcoscenico di legno, con la persona stretta a quel legno ed a quella cartapesta che fingeva il granito del tempio egiziano: e le pareva di far sforzi enormi per divincolarsi, per infrangere quelle catene, per fuggir via, senza riuscirvi, spasimando di dolore muto. Poi, la silenziosa angoscia divenne più intensa, più profonda: la sua volontà si tese, come se ella volesse spezzare in due una sbarra di ferro, e si sentì libera, ad un tratto.

Uscì da quel palcoscenico, mentre le ultime battute della musica risonavano, mentre le ballerine davano gli ultimi passetti danzanti intorno alle colonne, mentre il canto degli amanti moribondi languiva nel sotterraneo, e Amneris, inginocchiata sotto le gramaglie, levava le braccia disperate al cielo. Carmela Minino fuggì verso il camerone, dove si dovevano spogliare e rivestire lei e le sue compagne, e furiosamente cominciò a strapparsi dai capelli l'ibis di metallo che fingeva oro, a scingersi il corsaletto di seta a fili d'oro, con le mani tremanti che strappavano tutto, che rompevano tutto. In tumulto le ballerine rientravano, parlando di quel suicidio, gridando, dandosi sulla voce, contraddicendosi, ripetendo quello che circolava in tutto il teatro, in tutto il palcoscenico, disputando, quasi venendo alle mani.

— Si è ucciso alle otto!

— Nossignora, alle dieci...

— Si è ucciso a casa sua...

— Ma che casa e casa! Non era rientrato a casa da ventiquattr'ore

— Lo credevano partito.

— Aveva detto che andava a Roma.

— Si è ucciso in un albergo.

— Al *Grand Hôtel,* al *Grand Hôtel!*

— Niente affatto *all'Hôtel Royal.*

— Che state dicendo? Quanto siete bestie! Si è ucciso all'albergo *Suisse,* a via Molo.

— Un signore come lui, in quell'albergaccio!

— Se vi dico che è al *Royal!*

— Al *Suisse,* al *Suisse!* Non aveva che cinque lire, pare, addosso.

— Ma non si è mica ucciso per debiti, Ferdinando Terzi.

— Per amore, per amore

— Che peccato! un così bel giovane!

— Bellissimo giovane... mi piaceva molto. Ci avrei fatto all'amore volentieri.

— Ora è morto, è morto.

— Non mi piaceva, a me: era troppo superbo.

— Ed Emilia Tromba, che dirà Emilia Tromba?

— Che glie ne importa? Quella ha già un altro. Quella non ha mai amato nessuno, nel mondo.

— Salvo quel cocchiere con cui fece la prima sciocchezza.

— Un cocchiere? Un cocchiere? Ed era arrivata a Ferdinando Terzi?

— Sì: e glie ne ha mangiati denari! Anche lei sarà stata causa della sua morte.

— Si è ucciso per quella signora, lo sapete...

— Chi, signora? Chi, signora?

— La contessa di Miradois...

— La contessa di Miradois, sì, sì...

Carmela Minino, senza neppure voltarsi contro la porta, come faceva, ogni volta, per pudore, quando si tirava via la maglia di seta e restava ignuda, un momento, ora si era spogliata, e si rivestiva, gittando via tutto da sè, afferrando alla rinfusa i suoi abiti di città, adattandoseli addosso alla meglio, con le mani così tremanti che non potevano annodare i nastri, agganciare i ganci, passare i bottoni negli occhielli. Ella ascoltava tutto a occhi bassi, a bocca stretta, con una espressione feroce di collera nel viso. E vedendola vestirsi da città, ella che, come loro, doveva ballare fra mezz'ora nella *Coppelia*, due o tre di esse si meravigliarono.

— Che fai? Ti sei scordata che devi ballare nella *Coppelia?* — le chiese sogghignando Filomena Scoppa.

Carmela Minino la guardò, senza rispondere, e s'infilò la giacchetta.

— Te ne vai? Te ne vai? — disse Rosina Musto. — Non ti senti bene?

Carmela Minino si metteva il cappello, pungendosi con gli spilloni che lo dovevano tener fermo sulla testa. Non rispose neppure a Rosina Musto, prese il suo paio di guanti, la sua borsetta, si guardò attorno, con occhio bieco e senza salutare, senza rispondere una sola parola, uscì dal camerone.

— Ma che ha? Che è successo?

— Chi sa?

— Sembra una pazza, da qualche tempo.

Carmela Minino si urtò con varie persone, mentre con passo rapido e deciso attraversava il corridoio umido e lubrico, che conduce alla porticina del teatro: ma non vide e non sentì nulla. Solo innanzi alla porticina vi erano due o tre gentiluomini che, malgrado il freddo, stavano lì, chiacchierando, coi baveri delle pellicce alzati.

Qualche lembo di frase le giunse:

— Morto da tre ore...

— La famiglia non è stata avvertita...

— Non vi può essere funzione religiosa...

Carmela Minino fu colpita in volto dal soffio rigidissimo della tramontana, ma non lo sentì. Si era strofinata ruvidamente il volto con l'asciugamano, per togliersi il rossetto e il bianchetto, volendo riprendere il suo viso d'ogni giorno: e le guance le bruciavano.

Uscita sotto il porticato di San Carlo, guardò a destra e a sinistra, se vedeva una carrozza. E in quel punto le si presentò avanti don Gabriele Scognamiglio, tutto chiuso nella sua ricca pelliccia di lontra, con la sua bella barba bianca profumata, col suo bastone d'ebano dal pomo di argento cesellato, la sua faccia di vecchio gaudente, egoista e sorridente. Ella ebbe un movimento palese di ribrezzo, arretrandosi.

— Dove vai, bella mia? — le chiese il vecchio, non accorgendosi di nulla.

Ella aveva fatto un cenno a un vettura da nolo, aperta, che si accostava: e si accingeva a salire.

— Ma si può sapere dove vai, così? — domandò imperiosamente, col tono del padrone, don Gabriele.

Ella, già salita in carrozza, a denti stretti, a voce bassa, gli rispose

— Dove mi pare.

— Ah! — esclamò ironicamente don Gabriele. — Di già?... E quando ci vediamo?

— Mai più, — ella disse, con voce sorda, piena di sdegno invincibile, mentre la carrozza voltava, avviandosi verso la strada di Chiaia. Don Gabriele crollò le spalle e rientrò in teatro.

Quando giunse al *Grand Hôtel*, quasi alla fine di via Caracciolo, la carrozza da nolo che conduceva Carmela Minino, erano le dodici meno un quarto. Ci aveva messo meno di dieci minuti, da San Carlo, mentre la via è lunga; ma il cocchiere, intirizzito dal vento gelato di tramontana, aveva bastonato a morte il suo cavallo, giacché la signora, da dentro, gli diceva di far presto, di correre, di correre, perché gli avrebbe dato quel che voleva. Ella non sembrava aver freddo, la signora, poichè non aveva neppure rialzato il bavero della sua giacchetta e guardava continuamente di qua e di là, la Villa Nazionale tutta bruna nella notte nera, e il mare nero che batteva sinistramente contro la banchina. La carrozzella girò attorno al giardinetto, che è davanti al grande portone del *Grand Hôtel,* e Carmela Minino discese precipitosamente. Il portone del magnifico albergo era ancora aperto, poiché s'aspettavano dei forestieri che dovevano arrivare col treno di mezzanotte da Roma e altri che erano in teatro; il maestoso guardaportone andava e veniva, col berretto gallonato d'oro sugli occhi; Carmela andò a lui, direttamente.

— Scusate, — disse, guardandolo negli occhi, — è qui che si è ucciso un gentiluomo?

— Che dite? Che volete dire, signora? — borbottò il portiere, stupito dalla domanda,

— Vorrei sapere se è qui che si è ucciso il conte Ferdinando Terzi di Torregrande, — ripetette ella, chiaramente.

Colui la guardò un minuto, come avesse da far con una matta; poi soggiunse, gentilmente:

— Nossignora. Qui non si è ucciso nessuno.

Ella restò indecisa, guardandolo ancora fissamente, come se volesse strappargli una parola più sicura.

— Ditemi la verità... — mormorò con voce tremula. — Ditemelo, vorrei saperlo... Se è qui, ditemelo...

Era così smarrita, adesso, che il portinaio comprese qualche cosa e le disse, con una certa dolcezza:

— Persuadetevi, signora, che questo gentiluomo non si è ucciso qui.

— Allora, scusate. Buona notte, grazie, buona notte.

Il portiere la vide allontanarsi con passo risoluto, nell'ombra, risalire in carrozza, dopo aver detto due parole al cocchiere. E la carrozzella riprese a correre, sgangheratamente, per via Caracciolo, perfettamente deserta, fra il tetro mare che rotolava le sue onde, rotte al soffio della tramontana, e gli alberi bruni e brulli della Villa Nazionale.

— Corri, corri, per amor di Dio, — pregava la donna di dentro, al cocchiere.

Costui si era convinto, oramai, che si trattava di una cosa grave, di una disgrazia, forse, e, ogni tanto, dava una occhiata di curiosità e di compassione alla donna, che fremeva d'impazienza, in quella notte freddissima d'inverno, e che girava di albergo in albergo in cerca di qualcuno. Fermarono in via Chiatamone, innanzi all'*Hôtel Royal,* di cui allora allora si andavano chiudendo le porte: non v'era neppure più il portiere, vi era il facchino che veglia la notte, dormendo sovra uno stramazzo nel peristilio dell'albergo. Carmela Minino fece a lui, per la seconda volta, la singolare tragica domanda. Quel facchino era un napoletano. La guardò con un sorriso ironico, e le disse:

— Figliuola mia, vi hanno burlata.

— No, questo signore si è ucciso veramente, — ella disse, guardandosi intorno, con un viso così pallido, con certi occhi scrutatori, che il facchino smise subito di scherzare.

— Ma qui no, qui no, per grazia di Dio.

— Ne siete certo, buon uomo? Ne siete certo?

— Come è certa la morte, figliuola mia.

— E buona notte, buona notte, andrò altrove.

Quando fu sul marciapiede della via del Chiatamone, Carmela Minino fu presa da uno scoraggiamento immenso. Nell'ombra il cocchiere aspettava guardandola.

— Qui neanche vi è... — mormorò lei come se parlasse a sè stessa, con una espressione infantile di dolore.

— Ma chi andate cercando, signorina? Chi andate cercando? — domandò il cocchiere, felice di poter appagare la sua curiosità,

— Uno... balbettò lei. — Uno… che si è ucciso...

— Madonna del Carmine! E vi era qualche cosa questo signore?

Ella guardò il cocchiere senza rispondere. Costui dovette capire, che quell'ucciso le era qualche cosa.

— E non sapete dove?

— Mi hanno detto due o tre alberghi; ma non vi è, non vi è, non l'ho trovato.

— Qualche altro ve ne hanno nominato?

— Sì, sì, l'albergo *Suisse*. Dove sta? Al Molo, mi hanno detto!

— Chi lo sa, signorina mia! Questo è un albergo che non conosco. Andiamo al Molo. Chi ha lingua, va in Sardegna.

Ella ripassò dinanzi a San Carlo, mentre la gente cominciava ad uscire dal teatro, poichè il piccolo ballo *Coppelia* era finito ma Carmela non si voltò neppure. La mezzanotte era suonata, adesso ella pensava che a questo albergo *Suisse* avrebbero, forse, già chiuso il portone. Traversarono piazza San Carlo, piazza Municipio, tutta la via Molo, mentre lei e il cocchiere guardavano su tutti i balconi, a cercare l'insegna di questo albergo. Finalmente, all'angolo fra via Porto e via Molo, in un avvallamento dove già cominciavano i lavori dello sventramento di Napoli, sopra un balcone videro una scritta su cui batteva a tratti la luce di un lampione, che il vento notturno, sempre più freddo, agitava *Pension Suisse*.

— Eccoci, — diss'ella, con voce profonda, guardando quel balcone, di cui i cristalli erano chiusi, velati dalle tendine di merletto, ma interiormente illuminati.

Il portone della *Pension Suisse* aveva un battente chiuso e l'altro socchiuso; Carmela Minino si ficcò per quella mezza apertura, e si trovò in un androne oscuro e umido, illuminato appena da una lampada a petrolio, fumosa, dalla luce rossiccia; un uomo mal vestito, che portava in capo un berretto, sdrucito e unto, con le mani in tasca, passeggiava, fischiettando l'aria della *Ciccuzza*. Carmela gli si avvicinò e quell'individuo dal viso scialbo, dallo sguardo sfuggente ed equivoco, la squadrò sospettosamente.

— È qui... — diss'ella, ripetendo per la terza volta la funebre domanda. — È qui che si è ucciso il conte Ferdinando Terzi di Torregrande?

— Sì, per nostra disgrazia, — borbottò l'altro.

— Ah! — diss'ella, diventando anche più bianca.

Di botto, uscì dal portone socchiuso, aprì la sua borsetta per pagare il cocchiere. Costui la rimirava con occhi compassionevoli.

— L'avete trovato, eh? — le chiese con tono di rimpianto.

— Sì, l'ho trovato, — rispose Carmela, brevemente, con quel suo tono profondo e sordo, aggiungendo una lira di mancia al prezzo.

— Debbo aspettarvi, signorina? — replicò il cocchiere, commosso da quell'avventura e da quella lira.

— No, non mi aspettare.

Rientrò nel portone. Il losco portinaio le sbarrò la via,

— Dove andate?

— A vedere il morto.

— Siete persona di famiglia? — soggiunse l'altro, guardandola di nuovo.

—... No.

— E allora, perchè salire?

— Sono la sua cameriera, — ella soggiunse, facendo scivolare due lire nella mano di quel portinaio.

Per fortuna, teneva nella borsetta la quindicina, presa quel giorno stesso. A tentoni, ansando, ella salì per una scaletta in capo alla quale brillava un lumicino. E dal posto, dal portone, dalla scala, da quell'anticamera nuda, attraversata da una lurida striscia di cocco, dove un lercio cameriere sonnecchiava, presso la tavola, si vedeva non solo l'alberguccio di terzo ordine, ma la locanda malfamata, le cui orribili stanze si affittano a giornate ed a mezze giornate, per due ore e per un'ora, da persone che arrivano senza bagaglio, che pagano in fretta e anticipatamente, sempre in coppia, coll'uomo che arriva cinque minuti prima, la donna subito dopo, con cautela, a occhi bassi. Due o tre porte davano su quell'anticamera due erano chiuse, la terza a dritta, dirimpetto alla scaletta, dove andava a finire la striscia di cocco, era socchiusa; un filo di luce ne usciva.

— Voglio vedere il morto — disse subito, accennando cogli occhi a quella porta, Carmela Minino.

Il cameriere si stropicciò gli occhi e le chiese anche lui

— Siete parente?

— Sono una sua beneficata, — replicò ella, reprimendo un singhiozzo che le schiantava il petto.

— Parenti non ne sono venuti. Qualche amico... ma se ne è andato subito. Si aspetta il pretore. Entrate.

Entrò Carmela Minino, sola. La stanza era quella più grande della trista locanda: aveva un balcone su via Molo e uno su via Porto, occupando l'angolo del casamento. Delle tendine, un tempo bianche, adesso giallicce di polvere e di fumo, coprivano i vetri, per nascondere la stanza ai vicini e ai viandanti altre cortine, egualmente affumicate e sporche, erano state disciolte dai loro grossi cordoni di cotone bianco. Un tappeto, di cui non si vedeva più il disegno, ridotto ad un'esile trama, copriva il pavimento; una *toilette* d'antico modello, dallo specchio verdastro, un cassettone dal piano di marmo bianco, un *secrétaire* e quattro sedie di Vienna, completavano il mobilio di quella povera, sporca e pretenziosa stanza dove tante persone erano passate in un'ora di amore perseguitato, di capriccio volgare, di follia. Il letto grande maritale occupava tutto il fondo della stanza, sotto un baldacchino di sargia verde, da cui non pendevano cortine. Sul letto, ove si era ucciso, donde non era stato rimosso, aspettandosi il pretore, giaceva il conte Ferdinando Terzi di Torregrande.

Il letto non era stato disfatto: tutto ricoperto di sargia verde a macchie giallastre, dimostrava che sulle materasse non vi erano lenzuola. I cuscini avevano, però, la loro federetta, guarnita di un merletto all'uncinetto fatto in casa. La sargia verde aveva anche delle macchie fresche di sangue: delle macchie di sangue insozzavano il tappeto nella viottola del letto, dalla parte ove il conte si era ucciso; tutto lo sparato della camicia da *frac* era macchiato, sul petto, di sangue. Ferdinando si era ucciso in marsina e in cravatta bianca. Aveva anche una gardenia candidissima all'occhiello. La sua pelliccia era deposta sopra una sedia poco distante.

La mano destra con cui si era tirato il securo colpo al cuore, era ricaduta lungo la persona e si allungava sul letto, tenendo fra le dita, mollemente, una piccola rivoltella a calcio di argento brunito, lavorato finemente di cesello; la mano sinistra, in un moto di spasimo, si era raggricciata sul petto verso il cuore: e le dita, il dorso della mano rosseggiavano di sangue. Del resto il corpo non offriva altre espressioni di dolore: era posato decentemente sul letto, supino, come chi aspetti il sonno, fantasticando. La testa si appoggiava sui due cuscini bianchi, senza linea di contorcimento; anzi, con una quiete composta che doveva essere anteriore alla morte. I bei capelli biondo-castani, divisi in mezzo, pettinati alla russa, non si erano disordinati: la bella bocca sottile e rossa appariva sotto l'arco de' bei baffi biondi, sotto la linea purissima e tagliente del profilo aquilino: solo il mento si rialzava, come in vita, dalla linea dura di volontà. Le palpebre erano abbassate sui begli occhi azzurri, il cui sguardo dai riflessi metallici, dalla espressione ora indifferente, ora superba, ora addirittura sprezzante, si era estinto. E malgrado l'aspetto infame di quella *Pension Suisse*, malgrado l'ignobilità nauseante di quella camera, malgrado tutto quel sangue sparso sul petto, sulle mani, sul letto, sul tappeto, malgrado quella morte così orrenda, quel morto conservava la sua nobile bellezza venutagli da Dio, dalla razza, dalla educazione, dai gusti, e che nè i vizi della vita, nè la laidezza di quella fine gli potevano togliere. Chi sa perché Ferdinando Terzi aveva voluto morire in quella locandaccia, in quella cameraccia puzzolente? Forse, per un supremo insulto a sè stesso e agli uomini? Ma non era giunto a cancellare i tratti che la bellezza aveva messo sul suo viso e sulla sua persona. Anzi, la morte vi aveva messo qualche cosa di più semplice, oramai, qualche cosa come il ritorno alla verità originale, una purezza nuova, una nuova giovanilità al bellissimo che si era colà ucciso.

Ai piedi del letto, con le mani incrociate sulla spalliera di ferro vuoto, Carmela Minino non si saziava di guardare quel morto. Lo aveva cercato, di notte, per tutta Napoli, andando a bussare alle porte dei più ricchi e più eleganti alberghi, come una pazza, e lo aveva finalmente trovato, in quella stamberga, solo, non pianto da nessuno, non vegliato da nessuno, salvo quel sonnacchioso cameriere, ed ella lo poteva adesso guardare a suo bell'agio, con gli occhi secchi e lucidi, dove non appariva una lagrima, comprimendosi il petto con le mani, quasi a calmarne l'ansia.

Lo aveva raggiunto. Non vi erano costì, nè la madre di Ferdinando Terzi che viveva in Puglia nelle sue terre, dal giorno in cui era rimasta vedova: non vi era la sua sorella maritata, la marchesa di Vallicella, a cui nessuno aveva osato dirlo ancora: non vi era la bruna e fine marchesa di Miradois, la spagnuola dagli occhi brucianti, dal marito così tremendamente geloso. Vi era solo lei ed ella contemplava Ferdinando Terzi come non aveva mai avuto il coraggio di farlo in vita, lo contemplava divorandone cogli occhi il volto reso più fine, più eletto, più spirituale, dalla morte. I begli occhi erano chiusi, per sempre: ella ne *sapeva lo sguardo,* tanto da vederli aperti e fissi in un punto lontano e la figura le si completava innanzi come quando era viva, ma più bella e più nobile.

La porta si schiuse e lasciò passare cinque o sei persone: prima che la vedessero, Carmela Minino si arretrò nel varco del balcone, fra le cortine prosciolte, forse prosciolte dalla mano stessa del morto, per garantirsi dalla curiosità dei vicini di via Porto e dai viandanti di via Molo. Coloro che erano entrati erano il pretore col suo cancelliere, il padrone e il cameriere dell'alberguccio, il duca di Sanframondi e il conte Althan. Dal suo nascondiglio, ove ella ratteneva il respiro, Carmela Minino vide ed intese tutto quel lugubre formulario che accompagna la constatazione di un decesso per suicidio. Il pretore, molto annoiato d'essere dovuto uscire a quell'ora, con quel freddo cane, venendo a piedi dal vicino giardinetto ove abitava, un grosso uomo, già obeso a trent'anni, si era gittato, soffiando e sbuffando, nella sola poltrona, tutta sgangherata, che vi era e di cui le molle stridevano ad ogni movimento di quel corpo pesante. Il cancelliere, un piccolo, magrolino, con gli occhi rossi dal sonno interrotto e dal vento gelido che soffiava, col bavero del soprabitino gramo sollevato alle orecchie, si era allogato presso la *toilette,* per scrivere il verbale. E vi fu scritto questo: «I due gentiluomini, duca Leopoldo Caracciolo Rosso di Sanframondi e conte Francesco Federici di Althan, amici personali dell'estinto, dichiarano che il suicida è propriamente il conte Ferdinando Terzi di Torregrande, figliuolo primogenito del fu conte Giovanni e di Donna Maria Angela de La Puiserage. Riconoscono anche i suoi vestiti, i suoi gioielli, la sua pelliccia e la rivoltella con cui si è ucciso».

«Il conduttore dell'albergo *Pension Suisse* dichiara che si è presentato, alle sette di sera, il prenominato conte Ferdinando Terzi di Torregrande e gli ha chiesto una stanza per passarvi la notte. Visto l'aspetto di gentiluomo, Raffaele Scarano, conduttore di detto albergo, non gli ha chiesto donde venisse, il suo nome, e perché non avesse bagaglio. Egli non ha saputo il suo nome che più tardi, dopo il suicidio. Il conte Ferdinando Terzi ha pagato il prezzo della camera — la migliore della *Pension Suisse* — in lire quattro e cinquanta, non ha preso il resto di cinquanta centesimi delle cinque lire, e ha detto che sarebbe tornato più tardi. Il prelodato gentiluomo, almeno dal tempo in cui lo Scarano è conduttore della *Pension Suisse,* non è mai venuto in quell'albergo».

«Il cameriere della *Pension Suisse,* Domenico Quagliuolo, dichiara di aver visto, alla sfuggita, il conte Ferdinando Terzi di Torregrande, quando ha contrattato la camera col suo padrone Scarano, ma di non averlo guardato bene, avendo l'abitudine di osservare il meno possibile i *passeggieri,* per non dar loro fastidio. Pù tardi, verso le nove, il conte è ritornato, *solo.* Il padrone Scarana era dall'altra parte dell'albergo e il conte si è diretto al cameriere perchè gl'indicasse la camera sua. Entrando in essa, si era fermato un poco sulla soglia. Il cameriere gli aveva subito fatto osservare che il letto non aveva le lenzuola, perché non lo si aspettava così presto, ma che del resto si accomodava in un momento. Il conte gli aveva soggiunto che era inutile, per allora, poichè, forse, egli sarebbe uscito di bel nuovo; era molto tranquillo e aveva anche acceso una sigaretta. Poi, aveva licenziato il cameriere, dicendogli che lo avrebbe richiamato. La porta era stata chiusa con la sola maniglia, non con la chiave. Il cameriere aveva udito il conte che andava e veniva, due o tre volte, nella camera, ma con passo tranquillo poteva esser passata, così, mezzora, quando il Quagliuolo aveva sentito il colpo di rivoltella e si era precipitato nella stanza. Il conte Ferdinando Terzi boccheggiava, sul letto dove si era disteso non aveva detto una sola parola, aveva soltanto aperto e chiuso gli occhi, due o tre volte, si era guardato intorno, come se cercasse qualche cosa. Il Quagliuolo insisteva su questo particolare. Il suicida era morto immediatamente, nelle braccia del Quagliuolo, che aveva una manica della sua marsina sporca di sangue. Erano corsi il padrone Scarano, due commessi viaggiatori che alloggiavano in casa, il portinaio dalla farmacia del *Cervo*, in via Torto, era corso, chiamato, il dottor Gaetano Marotta, che aveva constatato la morte e disteso il verbale mortuario. Sul tavolino da notte era stata trovata una carta da visita col nome del conte Ferdinando Terzi di Torregrande e con le parole, scritte a lapis: *mi uccido, perchè così mi piace,* con la firma. L'avviso della morte era subito stato dato al San Carlo, al palco del *Nazionale,* ove si supponeva che qualche amico o qualche parente del suicida vi fosse».

Questa scrittura del verbale durò più di un'ora: il pretore, dopo raccolte le dichiarazioni, lo aveva dettato parola per parola al cancelliere. I due gentiluomini assistevano, in piedi, muti, evidentemente turbati e commossi per quella morte, ma anche seccati di esservi frammischiati interrogati dal pretore, così, fuggevolmente, su le cause che avevano potuto determinare questo suicidio, s'erano schermiti dal rispondere con un cenno evasivo.

Egli, colpito da un certo rispetto, non insistette. Del resto, il suicidio era chiaro; la constatazione di morte del dottor Marotta era precisa e legale; il pretore sapeva bene che Raffaele Scarano, conduttore della *Pension Suisse,* e Domenico Quagliuolo, cameriere, avevano troppo paura della giustizia, per ragioni loro particolari, per non aver detto la verità in questo fatto, di cui erano innocenti. Egli si sbrigò. Cascava dal sonno, moriva di freddo: il suo povero cancelliere batteva i denti: i due gentiluomini avevano l'aria impaziente: il padrone dell'albergo ed il cameriere erano inquieti, afflitti da quel caso che gittava una luce anche più sinistra, malgrado la *réclame,* sul brutto loco che era la *Pension Suisse.* Solo il morto, su quel letto sporco del suo sangue, nulla sentiva più di tutte queste impressioni e sensazioni umane che egli suscitava, entrato oramai nella grande pace, cui aveva anelato, per una ignota e profonda ragione: solo, dietro le cortine abbandonate e ondeggianti, un essere fremeva, in silenzio, d'impaziente disperazione.

Uscirono via, prima, il pretore e il cancelliere, chiusa la funebre bisogna del verbale, riaccompagnati dal conduttore dell'albergo e dal cameriere: essi rientrarono poco stante, dopo essersi raccomandati, chi sa mai, al signor pretore. Il duca di Sanframondi e Francesco Althan si consultavano, a bassa voce, fra loro, sogguardando di tanto in tanto il morto: il più prudente era di lasciarlo colà, sino alla mattina, per non fare un tumulto a casa Terzi, alle due della notte: alla mattina Sanframondi si sarebbe incaricato di questo funebre trasporto, mentre Althan avrebbe avvertito la marchesa di Vallicella. Ad assistenza di preti, non si poteva pensare, a quell'ora, in quel posto: si sarebbe veduto l'indomani. Parlavano piano, con parole monche, alludendo ognuno, con frasi velate, ad una causa possente ed ineluttabile che aveva determinato il suicidio: non vi era da fare, per il povero amico loro, che uccidersi. E se ne andarono anch'essi, dando cinquanta lire nelle mani di Raffaele Scarano per quanto occorresse, a prima mattina, e cinque lire di mancia al cameriere, perché vegliasse il morto. Dopo un'altra occhiata al suicida, essi andarono via, in punta di piedi. Il padrone affidò il cadavere al cameriere e se ne uscì, borbottando contro il suo avverso destino, malgrado le cinquanta lire. Quale coppia mai avrebbe presa quella stanza, dove un uomo si era ucciso? I giornali avrebbero parlato, egli era rovinato.

Con un gran sospiro di sollievo, Carmela Minino uscì dal suo nascondiglio. Il cameriere, che si era dimenticato di lei, la guardò con sorpresa.

— Andate a dormire, lo veglio io, — ella gl'impose, indicandogli la porta.

— Ma... ma...

— Eccovi cinque lire. Restate nella camera accanto, ma non entrate.

— Voi, certo, non potevate essere una sua innamorata... — disse lui, dopo averla squadrata, paragonandola lei, così brutta, così poveramente vestita, con quel morto così elegante e così bello.

— No, io non poteva essere la sua innamorata, — disse lei, con voce strana. — Andatevene dunque.

Egli se ne andò a malincuore. Ella chiuse la porta, con la maniglia. Finalmente, ella restava sola, con quel morto. Nessuno sarebbe venuto, sino alla mattina: quel morto era suo. Di dietro le cortine, ella aveva tutto udito, mentre moriva di impazienza: nè Sanframondi, nè Althan, nè nessuno di quel ceto sarebbe venuto, sino all'indomani, mentre l'opera del medico e del pretore era compiuta, mentre il padrone dell'albergo e il cameriere si erano allontanati. Quel morto era suo, per una notte intiera, in una camera ignota, solinga. Ella lo guardò con una tenerezza e una pietà intensa: si mosse pianamente, per la stanza: trovò, sul piano di velluto del falso caminetto, due steariche: le accese e le trasportò verso il morto, sul tavolino da notte, che era dal lato del cadavere. Per far questo, si era avvicinata molto a lui lo guardò dappresso, come affascinata da quello spettacolo di funebre beltà, giacente nel suo sangue. Si cercò macchinalmente nella tasca: vi trovò il suo rosario e cavandolo fuori, ne baciò la medaglina della Vergine che vi era sospesa ed il piccolo crocifisso di metallo. Cautamente, con una gentile delicatezza, intorno alla mano che si raggricciava sul cuore morto di Ferdinando Terzi, ella avvolse il suo rosario, lasciando cadere la medaglina della Madonna ed il crocifisso sul petto insanguinato.

Per fare questo, ella non solo aveva dovuto avvicinarsi molto al cadavere, ma piegarsi sovra esso, toccarne la mano gelida: due volte si era gettata indietro, come se le mancassero le forze. Ma quel volto l'affascinava: si guardò intorno. Era sola. Alta era la notte: alto il silenzio. E, lentamente, ella si curvò su quel morto, appoggiò lievissimamente, in un bacio tenue, le sue labbra su quella superba fronte, altiera anche nella morte. Quel tocco freddo sciolse l'orribile nodo che serrava la gola e il petto di Carmela: ella piombò a terra ginocchioni, presso il letto, sulla macchia di sangue che deturpava il tappeto, piangendo. singhiozzando, parlando al morto.

— Oh amore mio, oh amore mio unico, amore mio bello, voi siete morto, voi siete morto, ed io vivo! Oh bellezza mia, oh cuore mio, solo morto io vi poteva baciare! Chi me lo avesse detto, chi, chi, che vi doveva vedere morto! Oh amore mio, perché campo io, io, perché ci campo su questa terra, dove voi siete morto!

Così cominciava, nella notte d'inverno, la veglia funebre di Ferdinando Terzi conte di Torregrande, nella lurida stanza della *Pension Suisse*, fra il sangue del suicidio, assistito dal pianto, dai singulti, dalle interrotte parole di amore e di dolore di Carmela Minino, ballerina di terza riga, al teatro San Carlo.